Reset

Günter Valda

Allgemeine
Unfallversicherungsanstalt

Verlag Kettler

Mein größter Antrieb
ist einfach die
Leidenschaft. Ich
mache das alles gern.

Günther Matzinger

7

Inklusion heißt für mich, dass ich eigentlich nie darüber nachdenken muss, ob ich eine Behinderung habe oder nicht.

Günther Matzinger

8

Die schlimmsten Momente sind jene, in denen dir bewusst wird, dass du eine Behinderung hast.

Und wenn du dann
spürst: Heute bin ich
gut drauf, das könnte
was werden – das ist
dann so richtig geil.

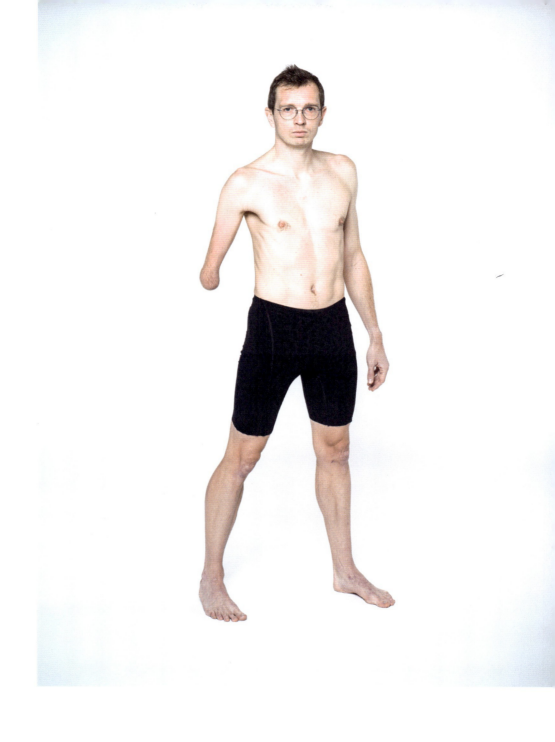

Günther Matzinger

Aufgewacht bin ich auf der Intensivstation. Dort haben sie mir gesagt, dass mein Vorfuß weg ist. Meine Reaktion damals: „Mir ist alles komplett egal, nur die zwei Hände müssen gehen – ich bin Friseurin".

Manchmal schäme ich mich ein bisschen für meinen Stumpf, zum Beispiel wenn ich schwimmen gehe. Aber da muss ich mich selbst an der Nase nehmen und mir sagen, dass das den anderen doch völlig egal sein kann.

Romana Spreitzhofer

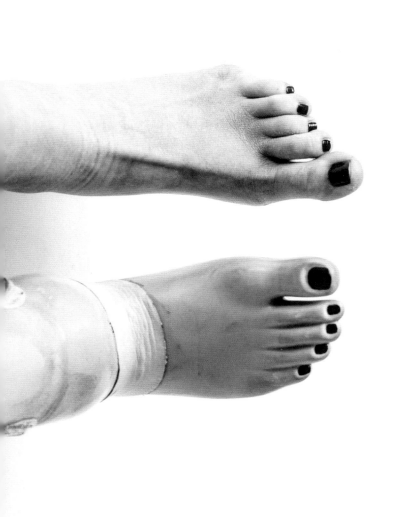

Romana Spreitzhofer

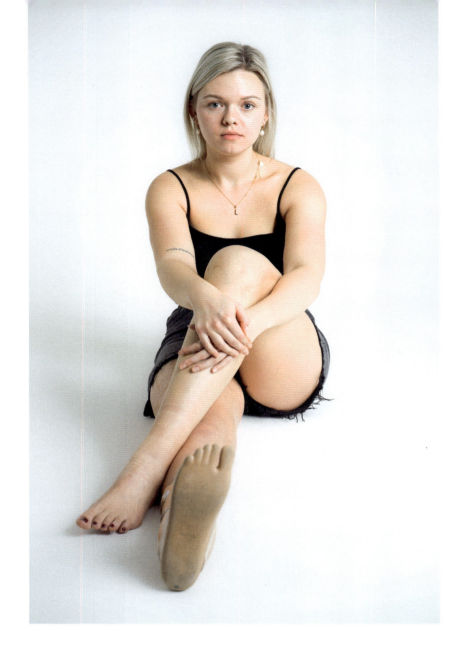

Romana Spreitzhofer

Ich bin echt jeden Tag
dankbar, dass ich,
wenn auch „nur" mit
Prothese, immer noch
einfach aufstehen kann.

Durch meinen Unfall
und mein neues Leben
habe ich leider auch
viele Freund:innen
verloren. Irgendwann
haben sich viele
einfach gar nicht
mehr gemeldet.

Romana Spreitzhofer

Sportlicher Erfolg
ist mir meistens egal.
Wenn ich mit einer
schlechten Zeit einen
Wettkampf gewinne,
freut mich das weniger,
als wenn ich mit einer
guten Zeit verliere.

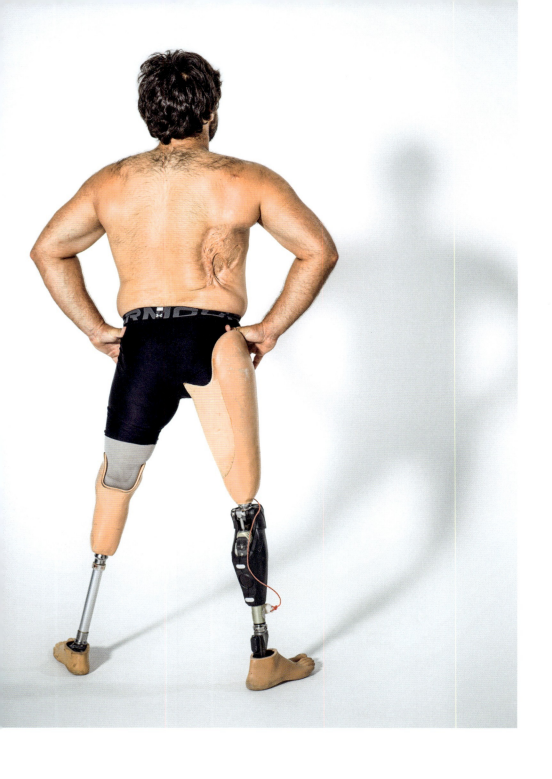

Mendy Swoboda

Mendy Swoboda

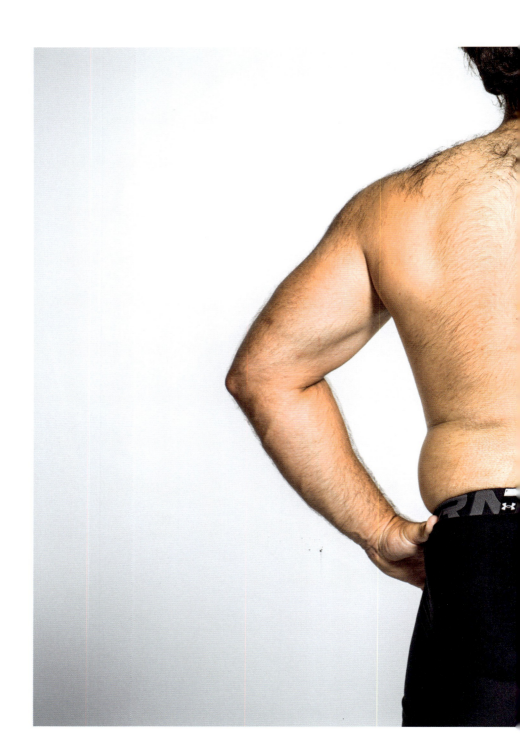

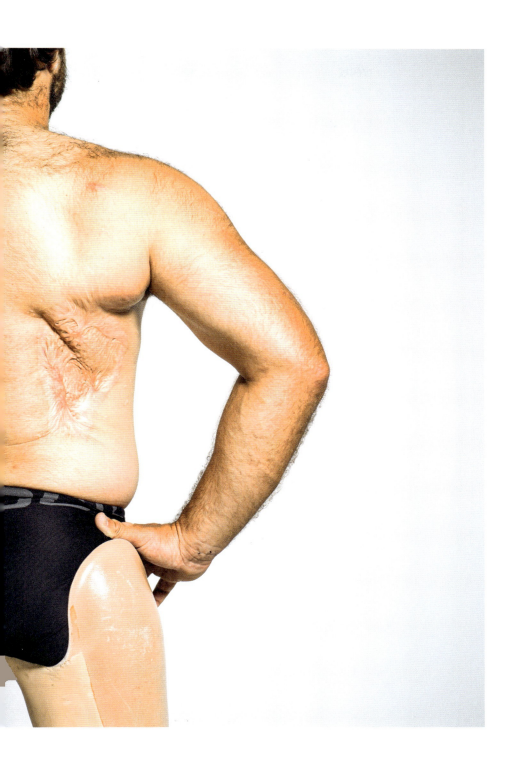

Mendy Swoboda

Der Unfall war eine Art
Reset – alles, was davor
war, ist eigentlich egal.

Mendy Swoboda

Für mich selbst hätte
ich es – wenn ich schon
so einen Unfall haben
muss – vom Zeitpunkt
her nicht besser
erwischen können.

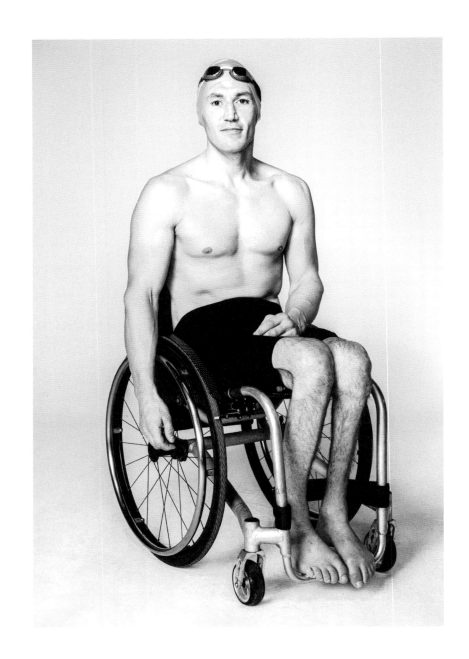

Vielleicht bin ich blöd genug, vielleicht bin ich ein Sonnenkind, aber ich bin nie in ein mentales Loch gefallen.

Thomas Frühwirth

Thomas Frühwirth

Entweder konzentrierst
du dich darauf, was du
nicht mehr kannst. Dann
wirst du unglücklich,
bis du verreckst.
Oder du konzentrierst
dich auf das, was du
noch kannst.

Wenn ich morgen wieder gehen kann, kann ich morgen wieder gehen, ganz einfach. Aber an meinem Glück ändert sich dadurch nichts.

Ich habe mir auf
YouTube ein paar
Amputationen
angesehen mit allem
Drum und Dran, was
da so gemacht wird.
Vielleicht ist das eine
Art Aufarbeitung der
eigenen Geschichte.

Irgendwann habe ich
begonnen, mir Vorbilder
zu suchen. Für mich
ist es wichtig zu sehen,
was alles möglich ist.

38

Laura Graf

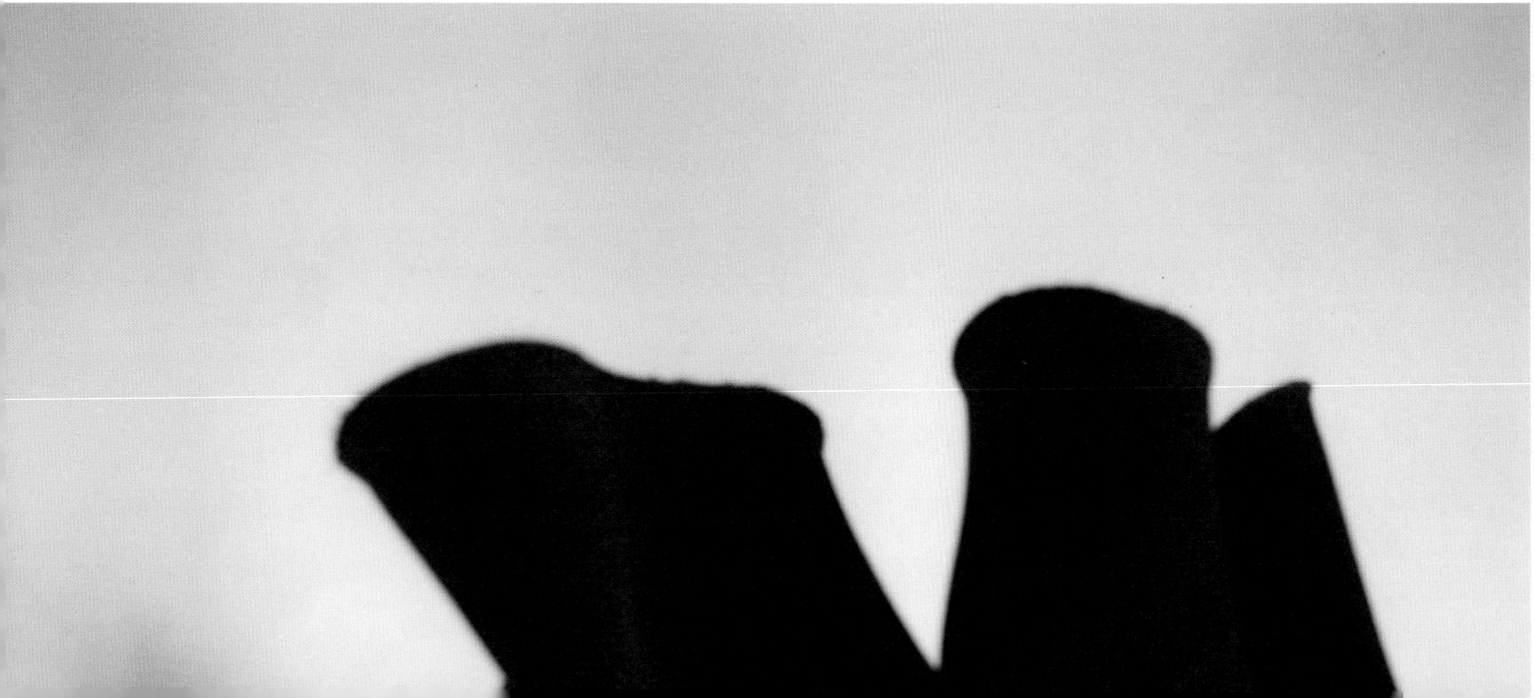

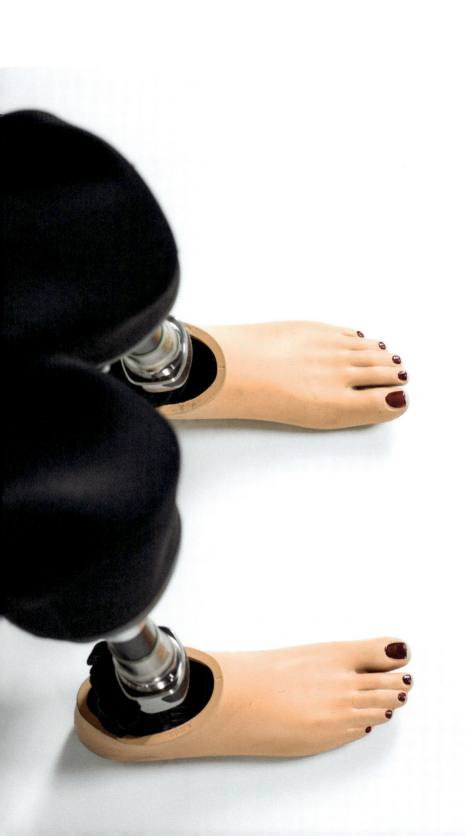

Humor ist mitunter wirklich die beste Medizin.

Laura Graf

Ich habe eine „Schablone fürs Leben" mitgenommen: Heute weiß ich, dass es, egal ob im Sport oder sonst im Leben, immer auch wieder bergauf gehen wird. Egal wie schlecht es gerade läuft.

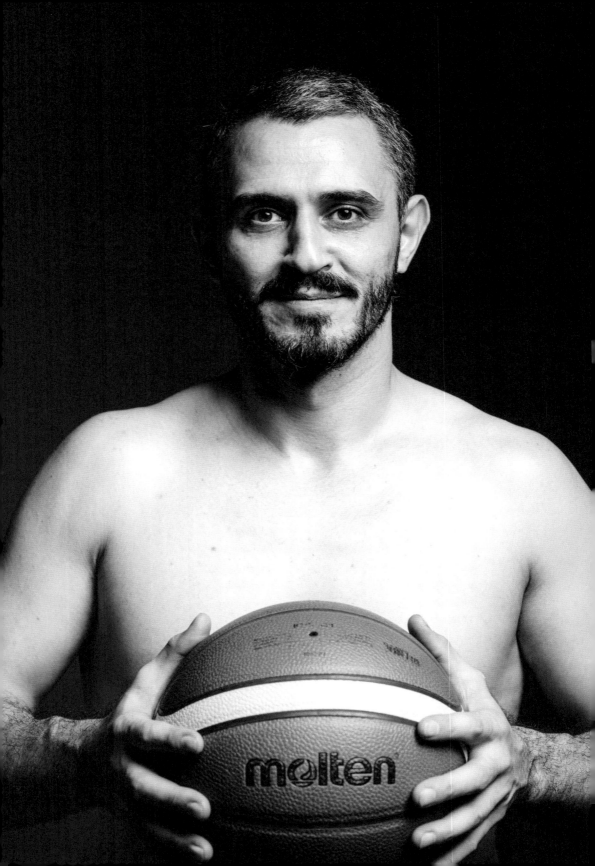

Da waren auch viele
Misserfolge dabei. Das
bringt einen manchmal
schon zum Zweifeln,
ob man überhaupt
gut genug ist, ob man
sich vielleicht damit
abfinden muss, zum
Spaß ein bisschen
„Bälle zu schupfen".

Ich kann allen, denen
ein ähnliches Schicksal
wie mir widerfahren ist,
nur raten: Nimm es an.

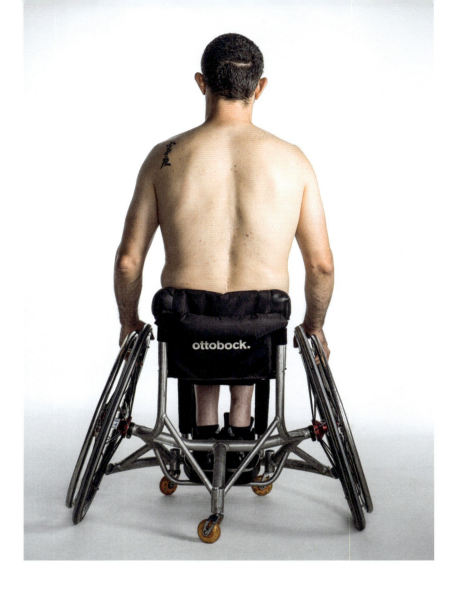

Mehmet Hayirli

Ich bin einfach
aufgewacht und
war amputiert.
Ich wurde nicht in
die Entscheidung
miteinbezogen
und habe auch gar
nicht mitbekommen,
was passiert ist,
wie es ausgesehen
hat, wie schlimm es
eigentlich war.

Ich habe mich gefragt:
„Warum ich? Warum
ist das gerade mir
passiert?" Ich fand das
irgendwie gemein, denn
eigentlich hatte ich gar
nichts mit der ganzen
Situation zu tun.

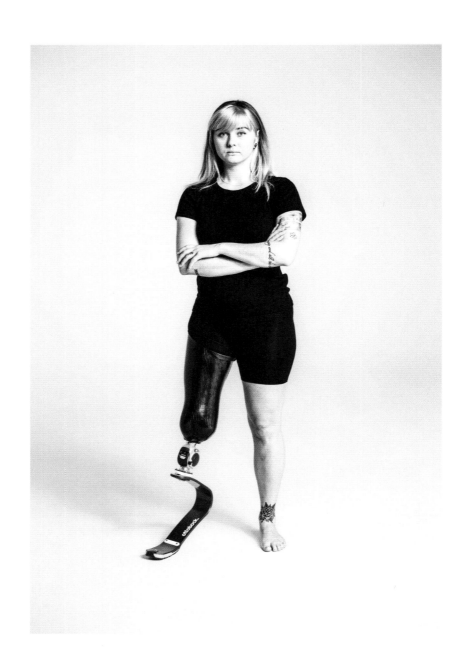

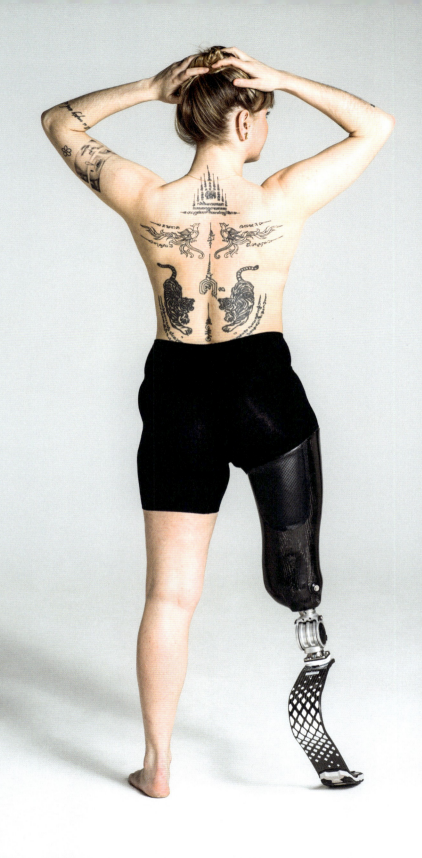

Johanna Unterrainer

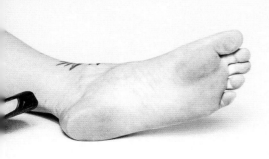

Jeder Mensch hat
seinen Rucksack
zu tragen. Keiner
dieser Rucksäcke ist
schlimmer oder besser.
Jeder Rucksack ist auf
seine Weise schlimm,
aber jeder Mensch
kann für sich selbst
bestimmen, wie schwer
es ist, diesen Rucksack
durchs Leben zu tragen.

Johanna Unterrainer

Mittlerweile finde ich
es irgendwie komisch,
wenn ich mich auf
alten Fotos mit meinen
beiden Beinen sehe.

Johanna Unterrainer

Wir sind mit dem
Flugzeug nach
Österreich gebracht
worden. Mein erster
Flug – und das liegend.
Ich habe gesehen,
wie die Wolken
vorbeigezogen sind.

Es gibt eigentlich
überhaupt keine
Erklärung dafür, warum
ich heute noch lebe.

Meine ersten klaren
Erinnerungen sind:
Ich habe jetzt nur
mehr einen Arm, aber
das ist mir vollkommen
wurscht. Ich will mit
den anderen Kindern
spielen.

–Andreas Onea

Wenn ich da so blöd im
Kreis schwimme, dann
hat das einen Sinn.

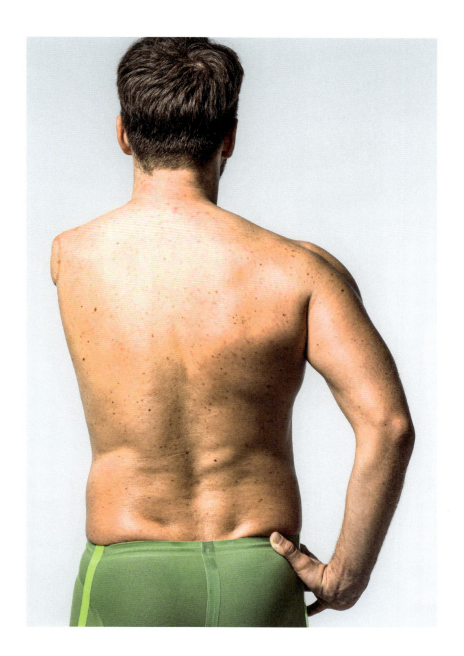

Andreas Onea

Andreas Onea

Vorwort

Das Spannende am Leben ist der schmale Grat, auf dem wir uns alle bewegen – ohne zu wissen, welchen Weg das Schicksal für uns einschlagen wird.

Als Pfleger:in ist man vermutlich so nah dran an diesen Scheidewegen des Schicksals wie kaum jemand sonst: nah dran an diesem Spannungsfeld zwischen Leben und Tod, zwischen Hoffnungslosigkeit und Lebensfreude, an dem meist schnellen Weg nach „ganz unten" und dem langsamen, beschwerlichen Weg zurück „nach oben".

Als Fotograf und Ideengeber von „Reset" ist es mein Ziel, die auf den ersten Blick meist unsichtbare Schönheit dieser Wege einzufangen. Ganz klar zu zeigen, wie sich Menschen, die nach einem Unfall lebenslange Einschränkungen davontragen, wieder zurück ins Leben kämpfen, oft sogar stärker zurückkommen und jeden Tag aufs Neue ihre Grenzen suchen – und überschreiten.

In diesem Buch porträtieren wir 17 außergewöhnliche Menschen mit 17 einzigartigen und unglaublichen Lebensgeschichten. 17 Leben, die eines eint: Das Schicksal hat diese Menschen herausgefordert. Und sie haben sich zurück ins Leben gekämpft, manche von ihnen sogar an die Spitze des Parasports. Fast alle konnten den Grundstein für ihr neues Leben in einer der Rehabilitationseinrichtungen der AUVA legen.

Die Geschichten dieser Menschen spenden Mut und Motivation. Sie beleuchten, dass man auch auf neuen Wegen niemals allein ist. Diese 17 Menschen rufen die Gesellschaft auf, Strukturen zu schaffen, die es jedem Menschen ermöglichen, von Anfang an ein wertvoller Teil der Gesellschaft zu sein. Und sie beweisen vor allem eines: Eine körperliche Behinderung und ein lebenswertes Leben schließen einander keinesfalls aus.

Günter Valda
Fotograf und Diplomierter Gesundheits- und Krankenpfleger

Zurück ins Leben

Manchmal reicht eine kleine Ablenkung, ein Bruchteil einer Sekunde oder auch einfach nur minimales Pech, um das Leben eines Menschen innerhalb eines Augenblicks komplett auf den Kopf zu stellen.

Eine zentrale Aufgabe der Allgemeinen Unfallversicherungsanstalt (AUVA), Österreichs größter sozialer Unfallversicherung, ist es, Menschen nach solchen Schicksalsschlägen – nach einem Unfall oder einer Berufskrankheit – wieder zurück ins Leben zu helfen. Mit ihren Gesundheitseinrichtungen bietet die AUVA einzigartige und unverzichtbare Leistungen in der Akutversorgung sowie in der Rehabilitation teils schwerstverletzter Patient:innen. Dabei steht klar im Fokus, Menschen wieder zurück in die Gesellschaft und, wenn möglich, zurück in das Arbeitsleben zu bringen.

Eine der wichtigsten Erkenntnisse aus der Rehabilitation versehrter Menschen: Sport spielt eine zentrale Rolle. Denn Sport mobilisiert, motiviert und spendet neuen Mut. Deshalb wird dem Sport in den Rehabilitationszentren ein besonderer Stellenwert eingeräumt. Die AUVA unterstützt Breiten- und Spitzensport für Menschen mit Behinderung und arbeitet eng mit Behindertensportorganisationen zusammen. Ein weiterer wichtiger Teil der Rehabilitation ist die Eingliederung versehrter Menschen in die Gesellschaft. Mit „Reset" soll vor allem das Thema Inklusion einer breiten Öffentlichkeit zugänglich gemacht werden und auch die Sichtbarkeit von Reha- und Behindertensport verbessert werden.

In diesem Buch gewähren uns Menschen, die jeden Tag aufs Neue ihre Grenzen suchen und überschreiten, einen sehr persönlichen Einblick in ihr Leben. Es sind Geschichten von (ehemaligen) Patient:innen unserer Rehabilitationszentren, die ihren Weg zurück ins Leben gefunden haben – oder gerade finden. Dabei beleuchten wir auch, welche Rolle der Sport für viele von ihnen spielt. Mit ihren Erfahrungen eröffnen die Porträtierten jenen Menschen einen neuen Horizont, die sich mit einer frischen Verletzung in den Rehabilitationszentren an ein „neues Leben" gewöhnen müssen.

„Reset" soll eine Motivationsquelle für all jene darstellen, die nach einem schweren Unfall oder einer Krankheit – oft mit Unterstützung eines Rehabilitationszentrums der AUVA – ins Leben zurückfinden müssen.

Alles auf Anfang: Sport in der Rehabilitation

Die Rehabilitation verunfallter Menschen stellt eine anspruchsvolle und vielschichtige Aufgabe dar: Sie reicht von der medizinischen Rehabilitation über die Unterstützung bei der beruflichen Neuorientierung bis hin zur sozialen Integration, sofern nötig. Das klare Ziel: Menschen zurück ins Leben zu bringen und ihnen die bestmögliche gesellschaftliche Teilhabe zu ermöglichen. Deshalb ist Sport ein wichtiger Faktor für eine erfolgreiche Rehabilitation: Sportliche Aktivitäten fördern die Gesundheit und soziale Kontakte. Und sie ermöglichen wichtige Erfolgserlebnisse. Patient:innen werden dabei unterstützt, neue sportliche Aktivitäten auszuprobieren und so ihren Körper unter neuen Voraussetzungen kennenzulernen. Als besonders wirksam zeigt sich Sport daher im Rahmen der Rehabilitation bei schweren Mobilitätseinschränkungen infolge von Querschnittlähmungen oder Amputationen.

Sport fördert die körperliche, psychische und soziale Gesundheit während der Rehabilitation und unterstützt den Rehabilitationsprozess maßgeblich. Durch gezieltes Training können Muskeln gestärkt und die Beweglichkeit von Gelenken verbessert werden. Dies ist dann besonders wichtig, wenn Funktionsverluste nach Verletzungen oder Operationen kompensiert werden müssen. Gleichzeitig können schwere Verletzungen und ihre Folgen psychische Belastungen bei versehrten Menschen hervorrufen. Sport spielt daher auch auf mentaler Ebene eine entscheidende Rolle: Sportliche Aktivität hilft, Stress abzubauen, die Stimmung zu verbessern und das allgemeine Wohlbefinden zu steigern. Zudem erlernen Rehabilitand:innen durch körperliche Aktivität, ihre individuellen Grenzen besser einzuschätzen und zu respektieren. Das trägt dazu bei, dass sie im Alltag Selbstständigkeit wiedererlangen und ihr Selbstvertrauen stärken können.

Nicht zuletzt bieten sportliche Aktivitäten oft die Möglichkeit, andere Menschen zu treffen und in einen Austausch mit anderen Versehrten zu treten. Dies durchbricht das oftmals erlebte Gefühl der Isolation während einer Rehabilitation – und zeigt den Patient:innen, dass sie nicht allein sind.

Nicht selten wird der Grundstein parasportlicher Erfolge in den Rehabilitationszentren der AUVA gelegt. Denn aus der sportlichen Betätigung im Rahmen der Rehabilitation erwächst oftmals die Ambition, Grenzen zu überschreiten und völlig neu zu setzen. So werden aus Rehabilitationssportler:innen später oft Spitzen-Parasportler:innen. Während der Rehabilitation wird Patient:innen die Möglichkeit geboten, verschiedene Sportarten auszuprobieren und herauszufinden, welche davon am besten zu ihren eigenen Fähigkeiten und Interessen passen. Dabei können Talente erkannt und ausgehend davon dann der Weg für eine erfolgreiche Teilnahme an Wettbewerben im Behindertensportbereich geebnet werden. Darüber hinaus erhalten Menschen mit Behinderungen während der Rehabilitation Zugang zu einer Vielzahl an Ressourcen und Unterstützung, wie medizinischer Versorgung, Therapien, Trainingsanlagen und Coaching. Diese Unterstützung ist entscheidend für den Erfolg im Behindertensport.

Behindertensportler:innen zeigen auf beeindruckende Weise, welche Leistungen und Erfolge trotz körperlicher Einschränkungen möglich sind. Ihre Lebensgeschichten inspirieren und spenden besonders jenen Menschen Mut, die mit ähnlichen Herausforderungen konfrontiert sind.

Durch ihren Erfolg im Sport demonstrieren Behindertensportler:innen, dass es möglich ist, Hindernisse zu überwinden und trotz physischer Einschränkungen großartige Leistungen zu vollbringen. Sie beweisen, dass Menschen mit Behinderungen enorme Stärke, Entschlossenheit und Durchhaltevermögen an den Tag legen können. Die Erfolge und Geschichten der in diesem Buch portraitierten Menschen sollen letztlich dazu ermutigen, die eigenen, scheinbaren Grenzen zu suchen und zu überwinden. Sie sind der Beweis dafür, dass der Weg zurück ins Leben nicht nur möglich, sondern lohnenswert ist.

Die Rehabilitationszentren der AUVA

In den Rehabilitationseinrichtungen leisten Mitarbeitende aus Medizin, Pflege und Therapie jeden Tag einen entscheidenden Beitrag dazu, Menschen nach Unfällen oder Berufskrankheiten wieder zurück ins Leben und den Beruf zu begleiten. Dabei spielen die Einrichtungen der AUVA eine zentrale Rolle im Genesungsprozess und bei der erfolgreichen Wiedereingliederung von Unfallopfern.

Neben der medizinischen Rehabilitation, die sich auf die körperlichen Folgen des Unfalls konzentriert, werden auch die sozialen und beruflichen Aspekte berücksichtigt. So werden Betroffene bei einer raschen und geführten Rückkehr in ein selbstbestimmtes Leben und auf ihrem Weg zurück ins Erwerbsleben begleitet.

Rehabilitationszentrum Häring
Rehaweg 1
6323 Bad Häring
rzhaering.at

Rehabilitationszentrum Meidling
Köglergasse 2a
1120 Wien
rzmeidling.at

Rehabilitationsklinik Tobelbad
Dr.-Georg-Neubauer-Straße 6
8144 Tobelbad
rktobelbad.at

Rehabilitationszentrum Weißer Hof
Holzgasse 350
3400 Klosterneuburg
rzweisserhof.at

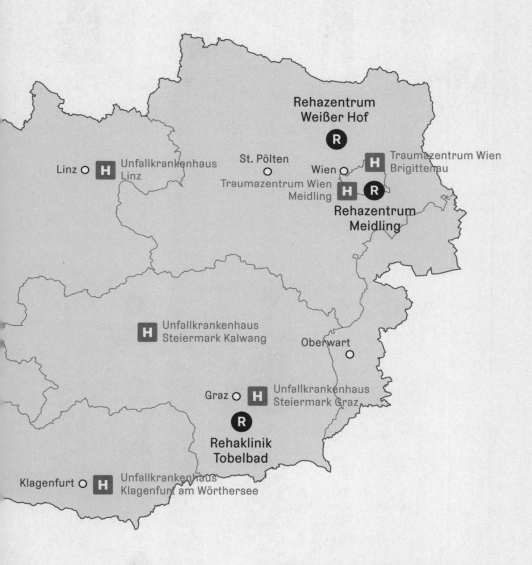

Rehazentrum
Weißer Hof

Linz ○ **H** Unfallkrankenhaus
Linz

St. Pölten ○

Wien ○

Traumazentrum Wien
Meidling

H Traumazentrum Wien
Brigittenau

H **R**

Rehazentrum
Meidling

H Unfallkrankenhaus
Steiermark Kalwang

Oberwart ○

Graz ○ **H** Unfallkrankenhaus
Steiermark Graz

R

Rehaklinik
Tobelbad

Klagenfurt ○ **H** Unfallkrankenhaus
Klagenfurt am Wörthersee

R Rehabilitationszentrum/-klinik

H Unfallkrankenhaus/Traumazentrum

○ Kundendienststelle

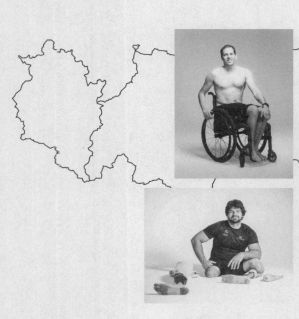

R Rehazentrum
Häring

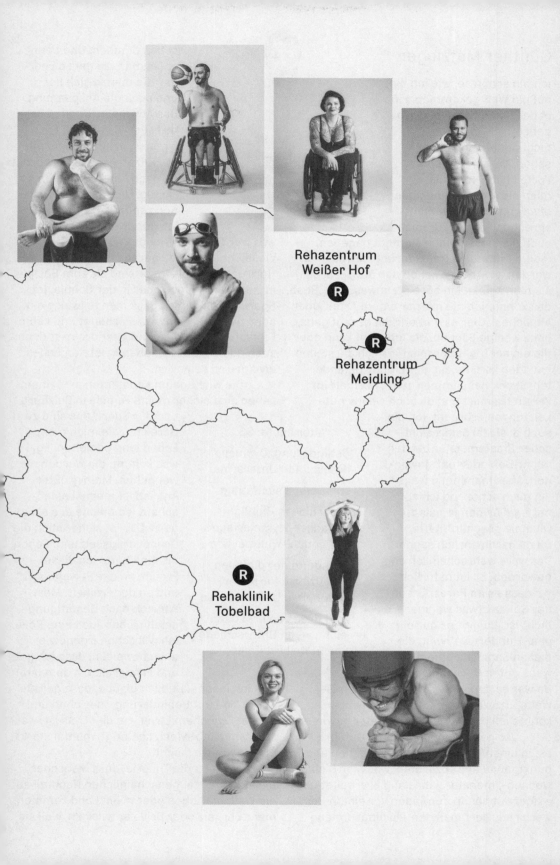

Rehazentrum
Weißer Hof

Ⓡ

Ⓡ
Rehazentrum
Meidling

Ⓡ
Rehaklinik
Tobelbad

Günther Matzinger

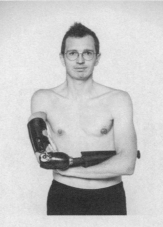

Ich bin schon so, wie ich bin, auf die Welt gekommen. Ich habe keinen Unfall oder so gehabt. Ich kenne es gar nicht anders. Ich glaube schon, dass ich da einen Vorteil habe. Ich musste mich nie umgewöhnen oder etwas umlernen. Dementsprechend hat es für mich auch nie diesen einen Moment gegeben, indem mir meine Behinderung bewusst geworden ist. Andere sehen das oft viel ärger als man selbst. Ich höre oft sowas wie: „Boah, das könnte ich nie mit nur einem Arm!" oder Ähnliches. Aber es gibt ehrlich gesagt ganz, ganz wenige Sachen, die ich nicht kann oder die ein echtes Hindernis für mich darstellen.

Ich komme aus dem Nicht-Behinderten-Sport, habe immer ganz „normal" im Verein trainiert und da auch relativ gute Leistungen erbracht. Ich bin auch drei Mal österreichischer Staatsmeister bei den „Nicht-Behinderten" geworden. Aber manchmal frage ich mich schon, ob ich es mit zwei Armen jemals zu Olympia geschafft hätte. Da muss ich ehrlich sagen: Das wäre wahrscheinlich eng geworden. Es ist natürlich so, dass es im Parasport an der Spitze etwas weniger dicht ist. Da gibt es nur ein paar Hundert weltweit, die diesen Sport auf einem halbwegs guten Niveau machen. Da war es dann für mich möglich, an die Weltspitze zu kommen: Die Paralympics konnte ich auf 400 und 800 Meter gewinnen.

Das geilste und allerbeste Gefühl ist es, in einen Wettkampf hineinzugehen und punktgenau das abzurufen, was man sich wochen-, monate-, jahrelang erarbeitet und aufgebaut hat. In den Tagen vor einem Bewerb reduziert man den Trainingsumfang schon deutlich. Und dann spürt man die ganze Energie, die man in sich hat, und auch die Anspannung. Das Adrenalin. Dann gehst du raus, wie bei den Paralympics, in ein Stadion mit 90.000 Menschen. Da kochst du dann innerlich schon so richtig. Und wenn du dann noch spürst: „Heute bin ich gut drauf, das könnte was werden", dann ist das so richtig geil. Vielleicht auch, weil gerade im Sport die Horizonte so viel länger sind als zum Beispiel in „normalen" Jobs oder in der Schule. Im Sport ist es normal, dass man teilweise ein oder zwei Jahre an etwas arbeitet und kaum Fortschritte macht – und obendrein ist dann auch noch ungewiss, ob man letzten Endes erfolgreich sein wird.

Die wichtigsten Konstanten in meinem Leben sind sicher meine Familie in Salzburg und der Sport. Das sind zwei Bereiche, die mich mein Leben lang begleiten. Egal was kommt, die werden nie weggehen. Mein größter Antrieb ist meine Leidenschaft. Ich mache das alles gern. Das ist sicher auch die Grundvoraussetzung. Schon als Kind hatte ich diese Freude an der Bewegung und an der Freiheit. Mein Wunsch nach Bestätigung spielt sicher auch eine Rolle. Ich will schon irgendwie auch beweisen, dass ich gut und erfolgreich in dem bin, was ich mache. Und ich glaube, dass gerade Sport – ob mit Behinderung oder ohne und egal auf welchem Level – auch etwas ist, was Menschen motiviert, bestätigt, mental stärkt und gesünder macht.

Ich habe die Theorie, dass Menschen, die mit einem augenscheinlichen Nachteil auf die Welt, ins Leben oder in ein Land kommen, mehr Ehrgeiz oder Drive entwickeln, weil sie

Alter heute: 36

Behinderung: Dysmelie des rechten Unterarms

Disziplin: Leichtathlet

Sportliches Highlight: zweifacher Olympiasieger und Doppel-Weltmeister

Gründer einer digitalen Plattform für mehr Gesundheit in Unternehmen

Sieht Inklusion erst dann erreicht, wenn Unterschiede nicht mehr auffallen

sich oft mehr beweisen und mehr Widerstände durchbrechen müssen als jemand, der all das nicht hat. Das sieht man ganz oft, speziell auch bei Menschen mit Migrationshintergrund. Die arbeiten oft so hart und sind so fleißig, wie du es selten siehst. Ich würde mir für die Zukunft deshalb echte Inklusion wünschen. Inklusion heißt für mich, dass ich eigentlich nie darüber nachdenken muss, ob ich eine Behinderung habe oder nicht. Die schlimmsten Momente sind eigentlich immer dann, wenn dir bewusst wird, dass du eine Behinderung hast. Das ist mir zum Glück eh selten passiert in meinem Leben, aber das ist nicht selbstverständlich. Deshalb ist es eigentlich schade, dass wir immer noch darüber reden müssen.

Romana Spreitzhofer

Ich kann mich noch sehr gut an den Tag erinnern: Ich bin mit meinem Moped links abgebogen und habe plötzlich ein lautes Motorengeräusch gehört. Ich hatte ein entgegenkommendes Motorrad übersehen. Der Motorradfahrer hat mein Moped seitlich am hinteren Ende gerammt. Ich bin mit dem Fuß in die Speichen geraten – dann hat es mir einen Teil vom Fuß weggerissen. Es war unglaublich heiß an dem Tag, ich bin auf dem Asphalt gelegen und hatte höllische Schmerzen. Mein Fuß hat unbeschreiblich gebrannt. Ich wusste also, dass da irgendwas so gar nicht passt. Rund um mich waren viele Menschen, die mich beruhigt haben. Irgendwann ist der Hubschrauber gekommen. Ab diesem Zeitpunkt weiß ich nichts mehr. Aufgewacht bin ich dann auf der Intensivstation in der Grazer Kinderklinik. Dort haben sie mir gesagt, dass mein Vorfuß weg ist. Meine Reaktion damals: „Mir ist alles komplett egal, nur die zwei Hände müssen gehen – ich bin Friseurin".

Als ich meinen Fuß das erste Mal gesehen habe, konnte ich damit gar nicht

umgehen. Ich wusste nicht, wie das Leben weitergehen soll oder was ich beruflich machen soll. Mir wurde sofort gesagt, dass es mit dem Friseurberuf nichts wird. Das war aber mein absoluter Traumberuf – ich hatte die Lehre damals gerade erst begonnen. Das war am Anfang schon sehr hart. Ich habe mich sehr allein gefühlt. Ich habe nicht gewusst, wie ich mit mir selbst umgehen soll. Und das, obwohl meine Familie ständig um mich und eine riesige Unterstützung für mich war und obwohl auch die Pfleger:innen wirklich einfühlsam waren. Ich habe mich im Spital sehr schnell fast wie zu Hause gefühlt. Trotzdem habe ich mich in dieser Phase auch oft sehr allein gefühlt.

Durch meinen Unfall und mein neues Leben habe ich leider auch viele Freund:innen verloren. Irgendwann haben sich viele einfach gar nicht mehr gemeldet. Ich denke, dass viele von ihnen nicht wussten, wie sie damit umgehen sollen. Wir waren auch in einem schwierigen Alter. Ich war damals 16 und habe somit eigentlich viel von meiner Jugend verpasst. Und natürlich ist es in dem Alter schwierig, weil ich eben bei allem langsamer war. Teilweise war ich noch im Rollstuhl und die Leute um mich mussten viel Rücksicht auf mich nehmen. Auf der anderen Seite habe ich in dieser Zeit erkannt, wer meine wirklich besten und wahren Freund:innen sind. Sie haben mich durch diese schwierige Zeit begleitet. Gleichzeitig habe ich auch persönlich sehr viel gelernt und bin so viel stärker aus dieser Situation herausgegangen. Das nehme ich auch für alle neuen Herausforderungen mit: Man wächst an schwierigen Zeiten.

Hin und wieder träume ich noch davon. Und manchmal, wenn ein Motorrad schnell an mir vorbeifährt, erschrecke ich sehr. Das Geräusch eines Motorrads versetzt mich in meinem Kopf sofort wieder in die Situation zurück. Ich muss auch ehrlich sagen: Manchmal schäme ich mich ein bisschen für meinen Stumpf, zum Beispiel wenn ich schwimmen gehe. Aber da muss ich mich selbst an der Nase nehmen und mir sagen, dass das den anderen doch völlig egal sein kann. Ich glaube, das ist alles normal. Ich schaue lieber nach vorne. Eines meiner großen Ziele ist, bald endlich schmerzfrei zu leben. Das wäre schon echt cool. Und meine Ausbildung zur Behindertenbegleiterin möchte ich erfolgreich abschließen.

Ich finde es wichtig, dass man an sich glaubt und dass man Geduld hat, auch wenn sich das vielleicht schwierig anhört. Es geht leider nicht von heute auf morgen. Irgendwann ist der Moment gekommen, ab dem ich an mich selbst geglaubt habe – und seitdem läuft es. Seit meinem Unfall sehe ich das ganze Leben auch mit ganz anderen Augen. Ich weiß so viele Kleinigkeiten zu schätzen und bin echt jeden Tag dankbar, dass ich, wenn auch „nur" mit Prothese, immer noch einfach aufstehen kann. Ich glaube auch fest daran, dass das Leben für jede:n von uns vorherbestimmt ist. Das hier ist eben mein Weg und ich mache das Beste draus.

Mendy Swoboda

Ich war sieben Jahre alt, es war kurz nach dem Start in das zweite Volksschuljahr, als ich in die Förderschnecke der Hackschnitzelheizung unseres Hauses geraten bin. Mir wurden beide Beine regelrecht abgerissen. Ich habe daran nicht viel Erinnerung, zumindest nicht an Schmerzen. Ich erinnere mich aber an den Moment, als ich aus dem künstlichen Tiefschlaf aufgewacht bin, und daran, dass mir im Krankenhaus vor allem recht langweilig war. Ich hatte

Alter zum Zeitpunkt des Unfalls: 16

Alter heute: 24

Behinderung: verlor einen Fuß bei einem Mopedunfall

Macht eine Ausbildung zur Fachsozialarbeiterin in der Behindertenbegleitung

Motto: Den Blick immer Richtung Sonne

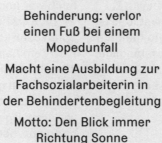

zwar viel Besuch, ich bekam viele Briefe, auch von meinen Schulkolleg:innen. In dieser Zeit bin ich aber apathisch geworden. Ich war doch über zwei Monate im Spital – gerade für ein Kind ist das eine lange Zeit. Ich musste erstmal damit klarkommen, dass meine Beine auf einmal nicht mehr da waren. Ich glaube nicht, dass ich psychologischen Beistand hatte. Zumindest kann ich mich nicht daran erinnern. Vielleicht war das damals im Jahr 1998 auch noch nicht üblich. Das hat sich heute sicher geändert.

Kurz nach Weihnachten habe ich meine Reha in Bad Häring gestartet. Wenn ich daran zurückdenke, würde ich es als sehr familiär beschreiben, vor allem für mich als Siebenjährigen. Vielleicht hat man als Kind ein paar Freiheiten mehr, die man als Erwachsene:r nicht hat. Jedenfalls habe ich rückblickend den Eindruck, dass dort sehr viel dafür getan wurde, damit es mir gut geht. Es war natürlich alles barrierefrei und ich war durch den Rollstuhl sehr mobil. Mein Interesse, mit Prothesen gehen zu lernen, war daher noch nicht so groß. Dennoch haben die Therapeut:innen mit Geduld daran gearbeitet, mir das Gehen beizubringen. Das hat eigentlich ganz gut funktioniert. Ich habe dann zu Hause gemerkt, dass ich es gut brauchen kann. Ich hatte in der Zeit damals keinen Strohhalm, an den ich mich geklammert hätte. Im Endeffekt ist Alltag eingekehrt und dann ist alles halbwegs gelaufen. Das Rehazentrum wird zur Normalität und danach wird dann das Zuhause auch wieder zur neuen Normalität.

Sportlicher Erfolg ist mir meistens egal. Es ist natürlich großartig, wenn man sich mit anderen über das freuen kann, was man

erreicht hat. Aber wenn ich mit einer schlechten Zeit einen Wettkampf gewinne, freut mich das weniger, als wenn ich mit einer guten Zeit verliere. Da geht es mir um meine persönliche Leistungsfähigkeit, über die ich mich freue. Bei Rückschlägen gehe ich hart mit mir selbst ins Gericht – und dann bleibe ich so lange dran, bis ich schaffe, was ich mir vorgenommen habe.

Ich habe keine Erinnerung mehr daran, wie es ist, Beine zu haben. Der Unfall war wie eine Art Reset – alles, was davor war, ist eigentlich egal. Deshalb habe ich es anscheinend mit der Zeit vergessen. Für meine Eltern war es nicht einfach. Sie haben sich teilweise selbst die Schuld an dem Unfall gegeben. Ich selbst sehe es so: Ich war praktisch am Beginn meines Lebens. Das ist ganz anders als bei Menschen, die mitten im Leben stehen und Familie haben. Für mich selbst hätte ich es – wenn ich schon so einen Unfall haben „muss" – vom Zeitpunkt her nicht besser erwischen können. Das ist mein Zugang.

Ich habe noch keinen Plan für den Rest meines Lebens. Jetzt habe ich die sportliche Karriere – da schaue ich, dass ich das genießen kann, solange es geht. Sollte es einmal nicht mehr reichen, möchte ich auch selbst, ohne Druck von außen, den Schlussstrich ziehen. Vielleicht gehe ich auf die Uni und mache mein Studium fertig, vielleicht mache ich etwas ganz anderes. Es wird sich etwas ergeben. Da mache ich mir keine Sorgen.

Thomas Frühwirth

Ich war Endurofahrer und hatte schon unzählige Unfälle. Ich hatte hunderte Verletzungen, bin auch einmal zwei Wochen im Koma gelegen. Bei einer Urlaubsfahrt in Polen hatte ich dann einen vergleichsweise harmlosen Unfall. Ich bin bei gerade mal 80 km/h

seitlich weggerutscht und ich bin samt dem Motorrad auf der Straße dahingeschlittert. Ich dachte mir noch: „Jetzt musst du aufpassen, dass du nicht auf irgendetwas aufprallst." Und dann bin ich genau mit dem Rücken an einem Steher der Leitplanke gelandet: „knacks." Ich habe mein Bein angeschaut und gemerkt, ich kann es nicht mehr bewegen. Und es hat gebrannt wie Feuer. Aus Erzählungen wusste ich: Das schaut nicht gut aus. Ich wusste, in den nächsten drei Monaten wird sich herausstellen, wie es weitergeht. Ich war zehn Tage in Polen im Spital und bin dann nach Salzburg überstellt worden. Und dann ging schon die Reha in Tobelbad los. Ich hatte keinerlei Nebenverletzungen – keine Prellungen, keine Schürfwunden, nicht einmal einen blauen Fleck. Eineinhalb Monate nach dem Unfall war dann klar, dass sich die Schädigungen nicht vollständig zurückbilden werden. Ich war knapp vier Monate auf Reha, relativ kurz für eine Querschnittlähmung. Dann war ich einen Tag zuhause und einen Tag später bin ich schon wieder zur Arbeit gegangen.

Ich sehe es von Anfang an so: Du kannst nur das Beste daraus machen. Egal, was passiert. Vielleicht bin ich blöd genug, vielleicht bin ich ein Sonnenkind, aber ich bin nie in irgendein mentales Loch gefallen. Es hilft eh nichts. Gewisse Sachen kommen natürlich überraschend. Ich wusste zum Beispiel nicht, dass man auch eine Blasen- und Darmlähmung hat. Da kommst du dann drauf: Das ist ja echt scheiße, jetzt kannst du nicht mal mehr normal aufs Klo gehen. Sowas weiß man einfach nicht. Aber in der Reha stellen sie dich auch darauf super ein.

Es ist schon lange her, aber es nervt mich natürlich immer noch. Ich will ja nicht im Rollstuhl sitzen. Ich will den Strand entlanglaufen, den Berg raufkraxeln, Enduro fahren. Es ist scheiße, aber was soll ich machen. Es ist für mich ganz einfach: Im

Alter zum Zeitpunkt des Unfalls: 7

Alter heute: 34

Behinderung: Unterschenkelamputation

Disziplin: Para-Kanute

Sportliches Highlight: Silber bei den Paralympics 2016

Hat keine Erinnerung mehr daran, wie es ist, Beine zu haben

Leben kannst du zwei Wege gehen. Entweder konzentrierst du dich darauf, was du nicht mehr kannst. Dann wirst du unglücklich, bis du verreckst. Oder du konzentrierst dich auf das, was du noch kannst. Dann kannst du vielleicht noch was machen aus deinem Spiel. Das ist Leben für mich – ein Spiel.

Ich würde das Geschenk, wieder gehen zu können, gerne annehmen. Wenn ich morgen wieder gehen kann, kann ich morgen wieder gehen, ganz einfach. Aber an meinem Glück ändert sich dadurch nichts. Ich glaube, ich war vor dem Unfall nicht anders als danach. Menschen passen sich an jede Lebenssituation immer wieder an. Auf ihr Glück hat das überhaupt keinen Einfluss.

Sport ist für mich die totale Freiheit. Das ist für mich ein meditativer Zustand. Wenn ich Sport mache, bin ich im „Hier und Jetzt". Ein unglaubliches Gefühl. So wie früher beim Endurofahren – da habe ich mich auf die Maschine gesetzt, gestartet und dann war nichts anderes mehr wichtig. Einfach nur das Leben. Zum Glück habe ich das jetzt in meiner zweiten Sportkarriere genau so wieder gefunden und ich mach das zu 98 Prozent wirklich aus reiner Freude. Medaillen, Ehrungen oder der ganze Rest – das hat mich noch nie interessiert. Was soll ich damit? Meine Olympiamedaillen liegen im Kuhstall in einer Box. Mich interessiert das keine Sekunde.

Laura Graf

„Willst Du es wirklich wissen?" Das waren die Worte der Krankenschwester auf meine Frage, wie es mit meinen Beinen aussieht. Das war, als ich am Tag nach dem Unfall gerade

im Krankenhaus aufgewacht war. Und natürlich wollte ich es wissen, denn: Es ist mein Körper. Ich sehe es dann sowieso. Die Antwort der Krankenschwester: „Beide Beine und der kleine Finger, die fehlen jetzt." Kurz bevor ich aufgewacht bin, hatte ich das Gefühl zu ertrinken. Da wurde mir anscheinend der Tubus aus der Luftröhre gezogen. Ich habe die Augen geöffnet und meine Eltern gesehen. Ich glaube, ich habe sie angelächelt. Und ich hatte wahnsinnigen Durst.

Die Pfleger:innen auf der Intensivstation haben einen sehr eigenen Humor. Mir hat das wahnsinnig geholfen. Ich glaube, es ist wirklich mitunter die beste Medizin, nie den Humor zu verlieren. Auch danach am Weißen Hof hatten wir einfach Spaß miteinander und haben uns gegenseitig ein bisschen auf die Schaufel genommen. Der Rudi, der so wie ich auch zwei Unterschenkelamputationen hatte, und ich lachen wahnsinnig viel zusammen. Irgendwo sind wir mal beide in der ersten Reihe gesessen und er sagt: „Die Laura und ich sitzen heute erste Reihe fußfrei." Diesen Humor fand ich besonders gut und auch befreiend. Man geht mit der eigenen Situation dann ein bisschen lockerer um.

In den ersten Wochen wollte ich mein Handy gar nicht haben. Ich habe echt die Ruhe genossen. Erst dann später habe ich es wieder benutzt und mir online verschiedene Prothesen angeschaut. Ich habe mir auch angesehen, was andere Menschen machen, denen es so wie mir geht. Und ich habe mir auf YouTube ein paar Amputationen angesehen mit allem Drum und Dran, was da so gemacht wird – da bin ich vielleicht ein bisschen extrem. Ich wollte einfach wissen, wie das funktioniert. Wenn ich sowas sehe,

Alter zum Zeitpunkt des Unfalls: 23

Alter heute: 42

Behinderung: querschnittgelähmt nach einem Motorradunfall

Disziplin: Handbiker und Para-Triathlet

Sportliches Highlight: Ironman-Weltmeister in Hawaii, Rekordzeit: 8h:15min

Erster Rollstuhlsportler der Welt im Ziel eines Double Ironman

beziehe ich das gar nicht auf mich, sondern es ist für mich einfach eine spannende Materie. Vielleicht ist es auch eine Art Aufarbeitung der eigenen Geschichte. Bei mir musste man nämlich nochmal operieren und „nachkürzen". Die Ärzt:innen sagten, man müsse noch abgestorbenes Gewebe entfernen.

Meine Prothesen sind in erster Linie Hilfsmittel. Wenn ich sie anhabe, dann gehören sie schon zu mir – dann sind es schon meine Beine. Ich habe auch die Zehennägel lackiert, weil das einfach zu mir passt. Manchmal habe ich das Gefühl, dass ich meine Zehen spüre. Es fühlt sich oft so an, als würde mein Fuß eingepackt in den Prothesen drinstecken. Wenn ich unterwegs bin und mit den öffentlichen Verkehrsmitteln fahre, ziehe ich gerne ein Kleid oder eine kurze Hose an, damit die Leute sehen, dass ich mich nicht grundlos auf den Behindertenplatz setze. Als ich am Anfang nur im Rollstuhl unterwegs war, ist mir erst aufgefallen, wie viele Orte nicht barrierefrei sind: Diese Stufe ist zu hoch, jene Tür zu schmal, der Spiegel am WC – im Stehen kein Problem, im Rollstuhl sitzend ist er sinnlos. Das fällt leider wirklich erst auf, wenn man selbst in der Situation ist. Es ist aber nicht so, dass ich mich ausgegrenzt fühle. Die meisten Menschen reagieren Menschen mit Behinderung gegenüber total freundlich. Zumindest nehme ich es so wahr.

Zu Beginn konnte ich mit den Prothesen vielleicht fünf Minuten lang stehen; danach haben die Beine höllisch wehgetan. Das baut sich einfach über eine gewisse Zeit auf. Man muss Geduld haben und trainieren. Als ich im Gym das erste Mal eine halbe Stunde auf dem Laufband nur gegangen bin, war ich

Alter zum Zeitpunkt
des Unfalls: 26

Alter heute: 28

Hobby: begeisterte
Hobbymusikerin

Behinderung:
Unterschenkelamputation

Bemerkte während ihrer
Zeit im Rollstuhl, wie viele
Orte nicht barrierefrei sind

Motto: Humor ist
die beste Medizin.

wirklich stolz, denn ich hätte mir nicht gedacht, dass ich das schaffe. In der Zeit habe ich mir auch Vorbilder gesucht. Eines meiner ersten Vorbilder damals war Amy Purdy. Paralympics-Snowboarderin, zwei Unterschenkelamputationen. Da habe ich mir gedacht: Wenn sie so einfach gehen kann und dabei nicht wackelt, dann kann ich das sicher auch irgendwann. Ich habe gesehen: Sie steht auch nicht nur für einige Minuten wie ich, sondern ewig lange. Für mich ist es wichtig zu sehen, was alles möglich ist.

Mehmet Hayirli

Bei mir hat das Ganze eigentlich klassisch begonnen. Ich war als Führerschein-Neuling mit dem Auto unterwegs und hatte einen Unfall. Ich erinnere mich eigentlich kaum mehr an den Unfall – nur daran, dass ich einem Tier ausgewichen bin. Vieles wurde mir nachher erzählt. Das Auto ist eine Böschung runtergefallen, hat sich überschlagen und um einen Strommast gewickelt. Bevor das passiert ist, wurde ich rausgeschleudert, weil ich nicht angeschnallt war. Das war wahrscheinlich Glück im Unglück. Denn das Auto war auf meiner Seite ganz stark beschädigt. Aufgewacht bin ich im Krankenhaus. Dort war ich ungefähr zehn Wochen. Dann ging es Schlag auf Schlag gleich weiter zur Reha auf den Weißen Hof in Klosterneuburg. Dort hat mein zweites Leben begonnen.

Auf den ersten Blick waren meine Verletzungen gar nicht so schlimm. Zwei Wirbel waren verschoben. Das hat aber gereicht, dass mein Rückenmark so verletzt wurde, dass ich eine inkomplette Querschnittlähmung davontrug. Das ist wirklich faszinierend: Das waren Millimeter oder Bruchteile von Millimetern. Und die haben bewirkt, dass ich bestimmte Funktionen nicht mehr habe – und andere eben schon noch habe. Nach ein paar Wochen habe ich das Ganze dann so allmählich realisiert. Da war mir bewusst: Okay, das wird alles ein bisschen anders, als ich es kenne. Aufgrund meiner inkompletten Querschnittlähmung habe ich nicht alle Funktionen verloren – es gab auch die ganze Zeit die Hoffnung, dass sich manches noch regeneriert und ich noch ein paar Funktionen zurückbekomme. Manches ist auch tatsächlich zurückgekommen. Manche Muskelgruppen konnte ich irgendwann kontrolliert bewegen. Es war also ein langes Warten und Hoffen.

Ich war immer schon ein positiver Mensch, ein Kämpfer. Negative Gedanken waren für mich im Grunde schon immer Zeitverschwendung. Sicher kommen manchmal auch negative Gedankenschleifen. Aber retrospektiv bin ich trotzdem zufrieden, wie mein Leben nach dem Unfall abgelaufen ist. Ich bin dankbar für meine Familie und meine Freund:innen, die mir in der Zeit sehr geholfen haben. Die waren das Allerwichtigste. Aber auch gewisse Vorbilder, die ich in meiner Zeit nach dem Unfall kennengelernt habe, haben mir unglaublich viel Kraft gegeben. Zum Beispiel eine Krankenpflegerin im Krankenhaus, die sich sehr um mich gekümmert hat und sehr lieb zu mir war. Oder der Aktivierungstherapeut Martin im Rehabilitationszentrum Weißer Hof. Der ist selbst Rollstuhlbasketballer und hat sich für

Alter zum Zeitpunkt des Unfalls: 19

Alter heute: 40

Behinderung: inkomplette Querschnittlähmung nach einem Autounfall

Disziplin: Profi-Rollstuhlbasketballer

Sportliches Highlight: erster Freiwurf-Treffer für die Sitting Bulls

Kann sich nach seiner Sportkarriere vorstellen, als Coach und Nachwuchstrainer zu arbeiten

Hat kein richtiges Motto, dafür eine Empfehlung: Nimm jede Challenge voll an!

mich zu einem richtigen Vorbild entwickelt. Oder auch einer meiner Wegbegleiter am Weißen Hof – mit ihm war ich gleichzeitig im Krankenhaus und auf Reha. Wir hatten ähnliche Verletzungen. Er war fast doppelt so alt wie ich und für mich eine Art Vaterfigur auf dem Weg des Gesundwerdens.

Ich bin relativ früh nach Deutschland gegangen – als Semi-Profi im Rollstuhlbasketball in der Bundesliga. Dort habe ich sicher am meisten gelernt. Aber der Weg war steinig. Da waren auch viele Misserfolge dabei. Klar, das bringt einen manchmal schon zum Zweifeln, ob man überhaupt gut genug ist, ob man Mittelmaß bleiben wird, ob man sich vielleicht damit abfinden muss, zum Spaß ein bisschen „Bälle zu schupfen". Das nimmt man natürlich auch in den Alltag mit, wenn man ständig daran denkt, dass man nicht auf der Höhe ist. Man hadert mit sich selbst. Aber auf eine gewisse Art habe ich diese Misserfolge auch gebraucht. Sie haben mich geprägt und besser gemacht. Ich habe so viel über den Sport und mich selbst gelernt. Und ich habe eine „Schablone fürs Leben" mitgenommen: Heute weiß ich, dass es immer, egal ob im Sport oder sonst im Leben, auch wieder bergauf gehen wird. Egal wie schlecht es gerade läuft. Durch den Sport realisiert man das sicher schneller als ohne.

Ich kann allen, denen ein ähnliches Schicksal wie mir widerfahren ist, nur raten: Nimm es an. Ich weiß, das ist leichter gesagt als getan. Aber man muss positiv bleiben. Versuchen, das Positive zu sehen, sich

die positiven Dinge herauszusuchen. Auch wenn gerade alles nicht so toll ist: Es hilft bei der Entwicklung, man tut sich leichter, man wird besser, wenn man positiv bleibt. Es ist ein Prozess, den man akzeptieren muss. Und man muss sich selbst akzeptieren. Immerhin ist jeder Mensch anders. Manchen fällt es leichter, anderen schwerer. Manche sind schneller, andere langsamer. Das ist alles vollkommen okay. Aber unabhängig davon, wie es vorangeht: Nimm jede Challenge voll an! Das ist mein Ratschlag an alle.

Johanna Unterrainer

Anfangs war ich einfach nur wütend. Ich war extrem wütend, nicht auf irgendjemanden im Speziellen, sondern mehr oder weniger auf das Universum. Ich habe mich gefragt: „Warum ich? Warum ist das gerade mir passiert?" Ich fand das irgendwie gemein, denn eigentlich hatte ich gar nichts mit der ganzen Situation zu tun. Ich bin einfach aufgewacht und war amputiert. Ich wurde nicht in die Entscheidung miteinbezogen und habe auch gar nicht mitbekommen, was passiert ist, wie es ausgesehen hat, wie schlimm es eigentlich war. Ich bin einfach aufgewacht – ohne Bein.

Eigentlich war es ein ganz normaler Umzug. Ich wollte im Juli 2021 von Vorarlberg nach Wien umziehen. Dort wollte ich die Matura nachholen und studieren. Ich war gemeinsam mit meinem Freund und meiner Mutter in einem Transporter auf dem Weg nach Wien – meine Mutter ist gefahren, mein Freund ist in der Mitte gesessen und ich rechts am Fenster. Dann bin ich eingeschlafen. Aufgewacht bin ich

schlussendlich wieder im Spital. Was auf der Autobahn damals passiert ist: Meine Mutter hatte vermutlich eine Art Sekundenschlaf und hat kurz vor dem Aufprall auf einen Lkw das Lenkrad verrissen. Meine Mutter hat sich einen Wirbel gebrochen, mein Freund beide Beine. Nach drei Tagen Koma bin ich wieder aufgewacht, bereits ohne Unterschenkel. Weil ich offenbar einen Keim hatte, wurde dann das Bein „nachgekürzt" und knieexamputiert, also im Kniegelenk amputiert.

Wenn ich mit meiner Prothese irgendwo anstoße, sage ich oft aus Reflex „Aua", obwohl es mir ja natürlich nicht wehtut. Aber die Prothese gehört mittlerweile einfach zu meinem Körper und zu mir. Heute habe ich das Gefühl, dass ich ohne Prothese unvollständig bin, dass da einfach etwas fehlt.

Natürlich vermisse ich es auch, einfach beweglich zu sein, den ganzen Körper zu spüren. Ich versuche auch auszublenden, wie ich mit meiner Prothese auf andere Menschen wirken könnte. Das war vor allem am Anfang komisch für mich. Auf der anderen Seite finde ich es mittlerweile irgendwie komisch, wenn ich mich auf alten Fotos mit meinen beiden Beinen sehe.

Am Anfang war ich unglaublich ungeduldig. Ich habe auch außerhalb der Therapieeinheiten jede freie Minute damit verbracht, mit der Prothese zu gehen, um wieder aktiv werden zu können. Mir wurden regelmäßig Prothesenpausen auferlegt, weil ich übereifrig war. Das war für mich in meiner ungeduldigen Art mental wirklich sehr schlimm. Mittlerweile habe ich gelernt, dass man sich durchaus auch mal Pausen und Phasen des Nichtstuns gönnen muss – und dass

Alter zum Zeitpunkt des Unfalls: 22

Alter heute: 25

Behinderung: Knieexamputation nach einem Autounfall

Möchte Physiotherapeutin mit Spezialisierung auf die unteren Extremitäten werden

Motto: Der liebe Gott hat einfach entschieden, dass ich es mit zwei Beinen zu einfach hätte, und wollte mir einen Ansporn geben.

selten etwas so schlimm ist, dass man sich davon alles vermiesen lassen sollte. Jeder Mensch hat seinen Rucksack zu tragen. Keiner dieser Rucksäcke ist schlimmer oder besser. Jeder Rucksack ist auf seine Weise schlimm, aber jeder Mensch kann für sich selbst bestimmen, wie schwer es ist, diesen Rucksack durchs Leben zu tragen. Mein Papa hat einmal zu mir gesagt, dass der liebe Gott einfach entschieden hat, dass ich es mit zwei Beinen zu einfach hätte, und dass ich das alles als Ansporn sehen soll. Das war zwar nicht immer so, aber mittlerweile ist das für mich sogar eine Art Motto.

Vor meinem Unfall wollte ich unbedingt Architektur studieren. Ich habe jetzt aber erkannt, dass ich doch lieber in die Physiotherapie gehen und mich auf Menschen mit Amputationen der unteren Extremitäten spezialisieren möchte. Den Anstoß zu diesem Gedanken gab mir mein Physiotherapeut. Der hat nämlich einmal zu mir gesagt, er könne sich leider nicht in mich hineinfühlen. Er wüsste nicht, wie es sich wirklich anfühlt. Aber er könne weitergeben, was ihm die anderen Patient:innen erzählt haben. Da habe ich mir gedacht: Es wäre doch toll, wenn dich ein:e Therapeut:in therapieren würde, der:die selbst amputiert ist und ganz genau weiß, wie das ist.

Andreas Onea

Es war der 3. Mai 1998. Meine Eltern und ich waren auf Familienbesuch in Rumänien. Bei der Rückfahrt hat es stark zu regnen begonnen. Später haben uns die Behörden erzählt, dass ein Lkw vor uns Öl verloren hatte. Daher hat mein Vater die Kontrolle über unseren Wagen verloren. Das Auto hat sich überschlagen: über die Gegenfahrbahn hinaus bis auf ein Feld neben der Straße. Ich hatte meinen linken Arm im Gurt eingewickelt und mich daran angelehnt – so konnte ich nämlich gut schlafen. Bei dem Überschlag hat es mich aus dem Auto geworfen

und dabei wurde mir der Arm abgerissen. Ich bin gut 15 oder 20 Meter durch die Luft geflogen und in einem Straßengraben gelandet. Eigentlich müsste ich tot sein. Ich hätte verbluten oder aufgrund der Unterkühlung an einem Organversagen sterben müssen, weil niemand wusste, dass ich dort irgendwo im Regen im Graben lag. Für mich ist es also ein absolutes Wunder, dass ich dort überlebt habe. Das hat sicher meinen Zugang zum Leben danach geprägt. Ich habe Bilder von dem Unfall – wenn ich mir die ansehe, dann weiß ich ganz klar, dass es eigentlich überhaupt keine Erklärung dafür gibt, warum ich heute noch lebe.

Ich habe gewisse Bilder vom Unfall und von der Fahrt ins Krankenhaus im Kopf, wobei ich nicht weiß, ob das eine echte Erinnerung oder irgendwie konstruiert ist. Die erste wirkliche Erinnerung ist eine aus dem Krankenhaus, als ich aufgewacht bin. Da standen auf einmal alle Verwandten aus Rumänien um mich herum und ich dachte mir: „Was machen die hier? Wir sind doch gerade erst von dort weggefahren." Ich bin am Rücken gelegen, komplett einbandagiert, und konnte mich nicht bewegen. Dann schau ich runter und merke, dass mein Arm weg ist. Ich habe ihn aber immer noch gespürt. Das war irgendwie ganz komisch. Nach ein paar Tagen sind wir mit dem Flugzeug nach Wien, praktisch direkt ins AKH (Anmerkung: Allgemeines Krankenhaus Wien), gebracht worden. Mein erster Flug – und das liegend. Ich habe gesehen, wie die Wolken vorbeigezogen sind. Ich war noch nicht einmal sechs Jahre alt.

Meine ersten klaren Erinnerungen aus dem AKH sind: Ich habe jetzt nur mehr einen Arm, aber das ist mir vollkommen wurscht. Ich spiele mit den anderen Kindern am Gang. Ich klettere aufs Bett und falle runter, aber ich will allen zeigen, was ich kann. Also eigentlich hatte ich einen positiven Zugang. Für mein Umfeld war es sicher schwieriger als für mich. Meine Eltern hatten ständig die Konsequenzen im Kopf: Ein paar

Monate später hätte ich anfangen sollen, in die Schule zu gehen – da kamen Fragen wie: Wie wird das funktionieren mit Prothese? Wie finanzieren wir das alles? Als Kind habe ich das alles nicht mitbekommen. Ich sagte mir: Ich habe nur einen Arm, aber ich will trotzdem ein schönes Leben haben. Vor allem war ich dankbar, noch da zu sein. Mein Opa ist bei dem Unfall verstorben, mein Papa ist zehn Tage im Koma gelegen, meine Mutter hatte einen offenen Unterschenkelbruch. Beide Eltern waren zwei Jahre lang sehr bedient. Ich bin eine Woche nach dem Unfall wieder aus dem Bett gehüpft. Es war mir sehr bewusst, dass ich da gut rausgekommen bin.

Mir war relativ früh bewusst: Wenn ich mich in eine Opferrolle drängen lasse, geht's mir nicht gut. Der Arm ist weg, den Unfall kann ich nicht rückgängig machen. Also mache ich das Beste daraus. Der Sport hat viel dazu beigetragen, dass ich bald ein super Selbstvertrauen hatte und gesehen habe, dass ich etwas kann. Nur weil mir ein Arm fehlt, bin ich nicht weniger leistungsfähig oder gar weniger wert. Das war eine wichtige Botschaft für mich. Ich glaube auch, wenn man mitten im Leben steht und dann passiert etwas derartig Einschneidendes, wenn man vielleicht eine Familie ernähren und Job wechseln muss, hat man ganz andere Probleme als ein Sechsjähriger, dessen größte Sorge vielleicht ist: Wie komme ich da jetzt als Einarmiger hinauf? Es hilft sicher, wenn man noch in dieser frühen Lebensphase ist. Es hilft mir auch oft jetzt noch, wenn ich mir sage: „Ich habe immer eine Lösung gefunden, also gibt es auch jetzt eine." Das Sport-Business ist nicht immer einfach, gerade im Parasport nicht. Irgendwo steht man immer an.

Bei der Weltmeisterschaft in London kommt ein Schwimmer aus Malaysia zu

Alter zum Zeitpunkt des Unfalls: 6

Alter heute: 32

Behinderung: hat bei einem Autounfall seinen linken Arm verloren

Disziplin: Para-Schwimmer und Sportjournalist

Sportliches Highlight: Bronze bei den Paralympics 2016, Sieg im B-Finale bei der Staatsmeisterschaft 2012 der Nicht-Behinderten

Erinnert sich sehr gerne an seine Kindheit

mir und schwärmt mir vor, wie toll ich geschwommen sei. Ich fühle mich natürlich geschmeichelt, weiß aber schon, dass da einige andere viel besser sind als ich. Dann erzählt er mir, dass er mich Jahre zuvor bei den Paralympics in Peking gemeinsam mit seinem Vater gesehen hat. Sein Vater hat damals zu ihm gesagt: „Siehst du diesen jungen Mann aus Österreich? Der ist fast so alt wie du. Ihm fehlt genauso wie dir der linke Arm und wenn ER das kann, kannst DU das auch." Und nachdem er die Entscheidung getroffen hat, dass er Paraschwimmer werden möchte, schwimmen wir elf Jahre später in London gegeneinander. Ich hatte bis dahin nie einen Gedanken daran verschwendet, dass ich für irgendjemanden ein Vorbild sein könnte. Das habe ich dank dieser Geschichte zum ersten Mal realisiert. Ich schwimme am anderen Ende der Welt und in Malaysia entscheidet sich ein Kind, Para-Schwimmer zu werden. Mittlerweile ist er Disability-Influencer und zeigt Menschen in Südostasien, was mit einer Behinderung alles möglich ist. Und da war für mich dann auch ganz klar: Wenn ich da so blöd im Kreis schwimme, dann hat das einen Sinn.

Conny Wibmer

Ich war 21, es war schönes Wetter und ich wollte auf den Balkon rausgehen. Aufgewacht bin ich auf der Intensivstation und hab mir nur gedacht: „Fuck, was ist denn da passiert?" Meine Mutter hat zu der Zeit in einem Altersheim gearbeitet und ich dachte mir: „Bin ich jetzt im Altersheim?" Plötzlich kommen Ärzt:innen rein, stehen um mich herum und sagen mir, dass ich nicht mehr gehen kann. Ich habe keine Ahnung, was passiert ist. Angeblich bin ich vom Balkon gefallen. Beruflich hatte ich da gerade selbst einen

Rollstuhlfahrer betreut, was das alles noch viel schräger gemacht hat: Plötzlich bin ich selbst im Rollstuhl. Das war wirklich ein extremer Cut, aber anscheinend musste das irgendwie sein.

Kurz habe ich panische Angst gehabt. Wie geht es weiter? Wie soll ich das alles machen? Meine Tochter war erst eineinhalb Jahre alt. Ich hatte eine Wohnung mit Stiegen. Als ich dann im Rehazentrum war, haben wir Ausflüge gemacht. Sie gehen mit dir zum Beispiel ins Einkaufszentrum: Rolltreppe fahren. Nach der langen Zeit im Rehazentrum kommt man sich vor wie ein Wilder, den man wieder auf die Gesellschaft loslässt. Vor dem Tag der Entlassung hatte ich Angst. Sie sagen dir: „Du bist so weit, du bist jetzt fit genug." Dann fängt das Leben wirklich wieder von Null an. Ich habe noch im Rehazentrum begonnen, den Führerschein zu machen. Das war schon ein Schritt in die Selbständigkeit.

Ich erinnere mich gerne an die Zeit vor dem Unfall, als ich vielleicht zwanzig Jahre alt war. Ich bin wahnsinnig gern barfuß gegangen, auf der Wiese zum Beispiel. Dass ich das nicht mehr kann, ist schwer für mich. Oder in einem See schwimmen. Delfinschwimmen war immer meine Lieblingsdisziplin. Das klappt aber nicht mehr so gut, weil die Füße nicht mehr mitspielen. Jetzt ist Schwimmen eher eine Abkühlung für mich. Es geht nicht mehr darum, eine Länge nach der anderen zu schwimmen.

Im Sport motiviert mich, dass ich gewinnen will. Ich gewinne wahnsinnig gern und will eigentlich immer ganz oben stehen. Ganz oben zu stehen, die Hymne zu hören, etwas für dein Land oder dein Bundesland

Alter zum Zeitpunkt des Unfalls: 21

Alter heute: 44

Behinderung: querschnittgelähmt nach einem Sturz vom Balkon

Disziplin: Handbikerin

Sportliches Highlight: Silber im Weltcup-Einzelzeitfahren in Australien

Erinnert sich gerne an die Zeit vor ihrem Unfall

Motto: Es wird sich schon alles finden!

geleistet zu haben – das treibt mich an. Ich denke mir, ich musste immer viel zurückstecken und jetzt kann ich bei etwas so richtig gut sein und gewinnen. Das gibt mir Kraft. Ich gebe alles dafür. Der Sinn des Lebens? Dass man, wenn man einmal stirbt, beim lieben Gott sein darf. Falls es ihn gibt.

Mein Leben hat sich von einem Tag auf den anderen vollkommen geändert. Man entspricht vielleicht nicht mehr der Norm, denn viele sehen zuerst einmal nur den Rollstuhl. Für viele wäre das mal eine gute Therapie: sich einen Tag in einen Rollstuhl zu setzen und zu erleben, wie man angeschaut wird. Das ist schon eine andere Welt. Entweder du verkraftest das und es macht dich stärker oder du zerbrichst daran. Mich hat es stärker gemacht. Das will ich auch anderen mitgeben, die vielleicht in einer ähnlichen Situation sind wie ich vor einigen Jahren: Nimm die Situation an und schau nach vorne. Niemals zurück. Man kann sich schon an früher erinnern, aber nicht in der Vergangenheit leben. Das bringt nichts.

Thomas Grochar

Ich glaube, es war damals im Kindergarten, als ich mir zum ersten Mal gedacht habe, dass bei mir irgendwas anders ist als bei den anderen Kindern. Damals habe ich gesehen, dass die anderen Kinder einfach schneller unterwegs waren, dass ich ihnen nicht nachgekommen bin. Zum Glück haben mich meine Eltern alles machen lassen, was ich wollte, und mich nicht übermäßig behütet. Nachdem mir von Geburt an der Oberschenkelknochen und das Wadenbein fehlt – also ich habe von der Hüfte abwärts eigentlich das Schienbein und den Vorfuß – musste ich mich wahrscheinlich einfach grundsätzlich immer mehr anstrengen oder schlauer sein, damit ich das Gleiche wie die anderen erreichen kann. Das hat mich mit Sicherheit dahingehend geprägt, dass ich heute die Fähigkeit habe, mich so richtig zu quälen. Ich finde, das ist sicher eine gute Voraussetzung für den Leistungssport.

Ich habe für mich gelernt, dass es noch lange nicht heißt, dass ich am Ende bin, nur weil ich vielleicht müde bin. Das war für mich ein Zeichen, dass man den Motor ruhig auch mal ein bisschen überdrehen und mehr als Vollgas geben kann. Dass man auch mal über die Grenze gehen kann. Man kann sich über einen Schmerzpunkt hinausbewegen und die Lichter gehen deshalb nicht sofort aus. Ich weiß nicht, ob ich das auch in der Form könnte, wenn ich keine Behinderung hätte. Ich habe aber auch überhaupt nicht das Gefühl, dass mir etwas fehlt. Ich kann 95 Prozent der Sachen, die ich machen will, trotz meiner Behinderung tun. Und auf die 5 Prozent, die ich nicht machen kann, kann ich wirklich gut verzichten.

Skifahren ist kein perfekter Sport. Das heißt, es gibt immer Kleinigkeiten, an denen man noch arbeiten kann, um alles in Richtung Perfektion zu bringen. Ich kann körperlich besser werden, ich kann skitechnisch besser werden, ich kann mental besser werden. Das ist für mich eigentlich das Interessante und das, was mich antreibt. Natürlich gibt es Ziele, die ich mir setze – da bin ich dann auch enttäuscht, wenn ich sie nicht erreiche. Mein Ehrgeiz ist riesengroß und

deswegen ist auch ganz klar, dass mich Misserfolge ärgern. Auf der anderen Seite spielt Erfolg nicht so eine große Rolle für mich. Erfolge sind für mich eher eine Begleiterscheinung von dem, was ich mache. Mir geht es eher um die Leistung als um den Erfolg. Mir ist wichtig, dass ich selbst mit meiner Leistung zufrieden bin. Aber ich glaube, ich würde all das auch ohne die Erfolge tun.

Ich habe einmal einen Satz gehört, den ich ganz witzig finde: „Das Schönste am Erfolg ist die Erleichterung danach." Das trifft irgendwie auch bei mir zu. Ich habe mir hohe Ziele gesteckt – und wenn ich sie dann erreiche, denke ich eher: „Boah, jetzt kann ich mal durchschnaufen!" und nicht: „Jawohl, ich habe das jetzt geschafft!" Die Kraft für all das schöpfe ich ganz sicher daheim bei meiner Familie und bei meinen Freund:innen. Da kann man abschalten, da reden wir oft den ganzen Tag über andere Dinge und nicht über den Sport oder das Skifahren. Da komme ich dann runter und das tut mir total gut.

Inklusion ist ein Wort, das für mich eigentlich gelöscht gehört. Inklusion gehört einfach gelebt, getan. Es gehört nicht nur darüber geredet. Mir kommt vor, wir reden viel zu viel über Sachen, die eigentlich schon selbstverständlich sind und die wir dann noch einmal als „Inklusion" extra hervorheben und betonen. Das ärgert mich teilweise sehr. Ich glaube, dass echte Inklusion eher so aussieht, dass man zum Beispiel Menschen oder Kinder mit und ohne Behinderung gemeinsam in einem Sportverein sporteln lässt – und sie nicht erst recht wieder trennt. Die sollten von klein auf alles zusammen machen.

Alter heute: 30

Behinderung: Oberschenkelknochen und Wadenbein links fehlen seit Geburt

Disziplin: Ski Alpin – Riesentorlauf und Slalom

Sportliches Highlight: Weltcup-Gesamtsieger im Slalom in der Saison 2016/2017

Hält Mottos für schöne Kalendersprüche

Peter Klammer

Ich bin unschuldig zum Handkuss gekommen, was natürlich jetzt ohnehin egal ist. Ich hatte einen Motorradunfall auf einer Rennstrecke in Kroatien während eines freien Trainings. Ich war in einer Situation, wo ich schon, bevor es passiert ist, gewusst habe, dass es gleich krachen wird. Und so war es dann auch: Ich bin an eine Stelle gekommen, wo bereits zwei verunfallte Motorräder auf der Strecke verteilt gelegen sind. Die entsprechenden Flaggensignale wurden gegeben, ich bin langsam an der Unfallstelle vorbei. In dem Wissen, dass die anderen Fahrer hinter mir vielleicht schneller unterwegs sind, wollte ich gerade wieder beschleunigen, als ich hinter mir schon Motorräder gehört habe. Das war der Punkt, an dem ich gewusst habe: Jetzt passiert's. Ich war sofort weg, bin aber kurz darauf am Rücken liegend auf der Rennstrecke wieder zu mir gekommen und habe abgecheckt, ob alles passt. Soweit passte auch alles – außer dass mir in meiner Wahrnehmung mein Stiefel fehlte. Den wollte ich mir dann natürlich wieder anziehen, bis ich merkte: Da fehlt mehr als nur der Stiefel.

Im Krankenhaus hat mir der Arzt alles erklärt, was sie jetzt mit mir machen. Er hat mir sogar Fotos von meinem Stiefel gezeigt. Sogar für mich als Laien war sofort klar: Mit dem Fuß fange ich leider nichts mehr an. Ich muss aber sagen, ich habe mit der Tatsache eigentlich ziemlich schnell abgeschlossen. Das Einzige, was mich beschäftigt, ist, dass ich unschuldig in die Situation gekommen bin. Dafür ist es ein riesiger Lichtblick für mich, dass ich schnell erkannt habe, dass es kaum etwas gibt, was ich nicht auch weiterhin machen kann. Im Gegenteil! Ich kann eigentlich so gut wie alles weiterhin machen. Man muss die Sachen jetzt eben nur anders machen. Das meiste ist natürlich aufwändiger, schwieriger. Man muss eigentlich alles neu lernen.

Was ich während meiner Rehabilitation am Weißen Hof gelernt habe: Vieles spielt sich im Kopf und abhängig vom eigenen Willen ab. Will ich wieder Autofahren? Oder Trampolinspringen? Radfahren? Wenn man etwas wirklich will, klemmt man sich dahinter. Wenn ich am Wochenende von der Reha zu Hause war, habe ich mit meiner Frau im Schaltauto mit meiner Prothese auf einem Parkplatz Autofahren geübt. Sicher gibt es Rückschläge, aber irgendwie funktioniert es. Irgendwie funktioniert alles. Der zweite große Punkt während meiner Reha war der Austausch mit den anderen. Teilweise waren dort Leute, die erfahrener und schon das dritte Mal auf Reha waren. An die habe ich mich gehalten und sie ausgefragt. Das ist bis heute für mich am besten: mit Menschen reden, die ähnliche Erfahrungen gemacht haben und in einer ähnlichen Situation sind. Jede:r hat ihre:seine Probleme, ihre:seine Wehwehchen und du weißt, du wirst verstanden, wenn du von deinen Herausforderungen sprichst.

Der wahrscheinlich wichtigste Aspekt, der mich nicht aufgeben hat lassen und mich wieder so schnell dorthin gebracht hat, wo ich jetzt bin, ist meine Familie. Meine zwei Kinder und meine Frau. Der mentale Aspekt spielt eine irrsinnig wichtige Rolle dafür, ob, wie weit und

Alter zum Zeitpunkt des Unfalls: 35

Alter heute: 37

Behinderung: verlor seinen Unterschenkel bei einem Unfall bei einem Motorradtraining

Findet, dass ein eiserner Wille so gut wie alles (wieder) möglich macht.

Motto: Aufgeben tut man einen Brief. Auch wenn's schwierig ist: Man darf einfach nie aufgeben.

wann man die neue Situation überhaupt akzeptieren kann. Das ist ein Thema, das man als gesunder Mensch einfach nicht sehen kann. Für jede:n ist es so selbstverständlich, dass man eigentlich alles machen kann. Dass man die Freiheit hat, alles zu machen – einen Sport oder ein Hobby auszuüben. Wenn du gesund bist, kannst du alles machen. Wenn du eine Einschränkung hast, wird dieses Fenster schon kleiner – natürlich abhängig davon, wie groß die Einschränkung ist. Die Arbeit ist selbstverständlich auch ein riesiges Thema. Der Beruf ist eine wichtige Säule im Leben. Dementsprechend bin ich sehr dankbar, dass mir mein Betrieb so die Stange gehalten hat und mir die Wiedereingliederungsteilzeit ermöglicht hat. Das gibt es nämlich nur, wenn das Dienstverhältnis aufrecht bleibt.

Das Wichtigste für Menschen in Situationen wie meiner ist Kommunizieren. Auf andere zugehen, Sachen fragen, sich Tipps und Tricks geben lassen. Ich habe so viele Menschen kennengelernt, die teilweise schon 30 Jahre amputiert waren – die freuen sich großteils sogar, wenn sie ihre mühevoll entdeckten Tricks weitergeben können. Der Austausch mit anderen ist so wertvoll. Man lernt voneinander und jede:r kann sich ihr:sein eigenes Rezept zusammenstellen, damit es funktioniert. Und auch wenn ich es manchmal selbst nicht hören kann: Geduld. Man muss Geduld haben mit dem ganzen Prozess. Und das Allerwichtigste für eigentlich jede Lebenssituation: Aufgeben tut man einen Brief. Auch wenn's schwierig ist: Man

darf einfach nie aufgeben. Das hat mich bis jetzt immer weitergebracht.

Oliver Dreier

Eigentlich war es Glück im Unglück, denn hätte es mich damals bei meinem Unfall anders erwischt, wäre ich heute wahrscheinlich gar nicht da. Mich hat damals, 1999, ein Autofahrer übersehen, während ich mit dem Motorrad unterwegs war. Es war einfach zu wenig Platz und plötzlich war da eine Verkehrstafel. Die habe ich mit meiner rechten Hand erwischt und mir hat es den gesamten Arm weggerissen. Da waren zwei Schrauben an der Stange, die in meine Motorradkombi eingedrungen und an meinen Knochen hängen geblieben sind. Ich hatte keine Chance zu reagieren. Aber im Endeffekt habe ich davon nichts gespürt – und die Medizin ist zum Glück so weit, dass sie mich wieder zusammenflicken konnten.

Wirklich erinnern kann ich mich nicht an all das. Ich weiß nur, dass ich zwei Wochen im künstlichen Tiefschlaf gelegen und keine ganzen drei Wochen später schon wieder nach Hause gegangen bin. Realisiert habe ich lange nichts. Die Ärzt:innen haben mir zwar erzählt, was passiert ist, aber besonders am Anfang ist man noch so auf Medikamenten, dass man nichts wirklich verarbeiten kann. Erst später konnte ich dann wieder ein Körpergefühl erlangen. Ich kann mich noch daran erinnern, wie sie das Morphium bei mir abgesetzt haben. Da habe ich mich plötzlich wieder klar und stark gefühlt und

Alter zum Zeitpunkt des Unfalls: 21

Alter heute: 46

Behinderung: verlor den rechten Arm nach einem Motorradunfall

Disziplin: Triathlet, Snowboarder

Sportliches Highlight: Weltmeister Para-Triathlon 2015

Berät Unternehmen in puncto Gesundheitsmanagement, um Sport als Ausgleich anzubieten

Motto: Du kannst alles erreichen, wenn du nur wirklich willst.

habe mir gedacht: „So, jetzt gehe ich heim!" Dann habe ich mir alle Schläuche rausgerissen und bin aus dem Krankenbett gestiegen. Ich hatte mir allerdings beim Unfall auch den Knöchel gebrochen. Der hat dann natürlich nachgegeben – und beim Aufschlagen auf den Boden habe ich dann zum ersten Mal meinen Körper wirklich wieder gespürt. Es war wie ein Knall, der durch den ganzen Körper gefahren ist.

Sport war schon immer meine Leidenschaft. Und Sport hat mich auch nach meinem Unfall wieder zurück ins Leben gebracht. Ein Arzt hat einmal zu mir gesagt: „Wärst du nicht so sportlich gewesen, hättest du den Unfall nie überlebt." Ich war also bereits fleißig am Sporteln – und Sport wurde dann endgültig zu meinem Überlebenselixier. Besonders dankbar bin ich einem Freund, der mich dazu gebracht hat, wieder snowboarden zu gehen. Nachdem ich ihm eröffnet habe, dass ich Angst davor habe, auf meine Schulter zu fallen, meinte er nur: „Wo nichts ist, kannst du dir nichts mehr brechen." Der hatte einfach für alles eine Ausrede – aber im motivierenden Sinn. Bald danach habe ich einen anderen Freund begleitet, als er ein Fahrrad aus einem Geschäft abholte. Dort hat mir ein Fahrrad dann so richtig gut gefallen. Das ist auch dem Verkäufer aufgefallen. Er hat dann gemeint, dass sie ständig Fahrräder für Menschen mit Behinderungen umbauen, dass es dann an mir liegt, ob ich damit fahren kann, und dass er sich sicher ist, dass Fahrradfahren für mich funktionieren müsste. Der hatte auch auf alles eine Antwort. Das war sicher eine wichtige Erkenntnis: Alles geht.

Für Menschen in einer ähnlichen Situation habe ich den Rat, dass man für sich erforschen muss, was das Wichtigste für einen selbst im Leben ist. Und dann muss man sich Ziele setzen. Ich habe selbst am Anfang auch nicht gewusst, in welche Richtung es gehen soll. Das hat sich dann irgendwie so ergeben, durch meinen inneren Drang. Ich wollte zum Beispiel einfach wieder gehen können. Dann konnte ich wieder gehen und ich hatte schon wieder das nächste Ziel im Kopf. Es sind aber in Wahrheit natürlich viele Faktoren, die eine wichtige Rolle spielen: die Familie, die richtigen Freund:innen im Hintergrund, der innere Drang, vielleicht auch ein bisschen Ehrgeiz. Bei mir war's am Anfang auch einfach die Uhr. Ich wollte wissen, wie schnell ich es auf einen Gipfel hinaufschaffe. Und beim nächsten Mal wollte ich schneller oben sein. Und das nächste Mal dann wieder ein bisschen schneller. Irgendwann war ich bei Zeiten, die anfangs absolut unmöglich gewesen wären.

Ich sehe das so: Ich glaube, dass jedes Leben vorherbestimmt ist und ein Drehbuch hat. Und so läuft das dann ab – da kann man sich nicht rauswinden. Man kann es nur ein bisschen umschreiben und positiver gestalten. Dementsprechend gibt es für mich auch keine wirklichen Misserfolge, denn jeder Misserfolg ist die Chance für einen neuen Anfang und dazu, wieder etwas Positives zu gestalten. Aus allem, was im Leben daherkommt, auch aus Negativem, kann man lernen und im Nachhinein irgendetwas Positives herausziehen. Natürlich kann das auch Jahre dauern – niemand geht, wie in meinem Fall, nach einem Unfall mit nur einem Arm nach Hause und denkt sich: „Boah, super, dass mir das passiert ist!" Aber im Nachhinein hat all das dazu geführt, dass ich mich voll dem Sport verschrieben habe und mein Hobby zum Beruf gemacht habe. So bin ich zu meinem Weltmeistertitel gekommen. Und so habe ich jetzt den Luxus, mir eine Teilnahme an den Paralympics zum Ziel setzen zu können.

Claudia Miler

Es war 1998. Ich war als Beifahrerin hinten im Auto. Wir waren auf dem Weg nach Haugsdorf an der tschechischen Grenze, um dort im Einkaufszentrum ein paar Sachen einzukaufen. Also eigentlich bin ich nur mitgefahren, gekauft habe ich nichts. Auf der Rückfahrt ist es dann passiert: In einer sehr engen Kurve sind wir mit dem Auto von der Fahrbahn abgekommen und eine Böschung hinuntergestürzt. Ich kann mich nicht an viel erinnern, nur an das Überschlagen des

Autos. Das war wie in Zeitlupe. Dann bin ich am Bauch gelegen und habe keine Luft bekommen. Ich habe auch keine Bilder im Kopf, sondern kann mich nur an Stimmen erinnern. Meine Freundin hatte einen Schock. Der Fahrer hat versucht, Autos anzuhalten, um Hilfe zu holen. Da habe ich schon gemerkt, dass ich meine Beine nicht spüren kann.

Ich war die gesamte Zeit über sehr ruhig. Laut einer Notärztin habe ich erst randaliert, als sie mir meine langen Haare abrasieren wollten, um an eine Wunde an meinem Kopf zu kommen.

Eine der schönsten frühen Erinnerungen nach dem Unfall war das erste Mal Zähneputzen, nachdem ich längere Zeit intubiert gewesen war. Trotzdem muss man sich vor Augen führen: Ich war damals 16 Jahre alt. Ich hatte da nicht solche Sorgen wie jemand mit 40 oder 50, wo es darum geht, wie man die Familie weiterhin versorgt nach so einem Unfall. Es war aber trotzdem sehr belastend für mich, plötzlich querschnittgelähmt zu sein, kein Gefühl in den Fingern zu haben und diese nicht richtig bewegen zu können. Gerade in dem Alter hatte ich große Sorgen, dass ich nun als Frau einfach nicht mehr attraktiv sein würde. Dass ich auf andere nicht mehr gut wirke. Dass ich nicht mehr gut aussehe und auf keine Partys mehr gehen kann.

Ich habe im Großen und Ganzen eigentlich sehr schöne Erinnerungen an meine Zeit im Spital und an die Reha am Weißen Hof. Ich kann mich zum Beispiel an meinen Mathematiklehrer erinnern, der mich im Spital besucht hat. Ich war unglaublich schlecht in Mathematik und habe kurz vor

Alter zum Zeitpunkt des Unfalls: 16

Alter heute: 41

Behinderung: Querschnittlähmung (Tetraplegie) nach einem Autounfall

Ihre erste Sorge nach dem Unfall: dass man ihre langen schwarzen Haare abrasiert hat.

Lebensmotto: Wir können den Wind nicht ändern, aber die Segel anders setzen

meinem Unfall eine Schularbeit geschrieben. Ich bin mir bis heute sicher, dass ich einen Fünfer geschrieben habe. Mein Mathelehrer hat mich aber, glaube ich, angeschwindelt und gemeint, ich hätte einen Vierer. Oder ein anderes Mal, als ich gerade frisch extubiert war, hatte ich große Angst, dass ich einfach aufhöre zu atmen, weil ich nicht automatisch geatmet habe nach so langer Zeit. Da hat sich eine Pflegerin zu mir gesetzt, meine Hand gehalten und gemeint: „Ich bin da. Wenn du aufhörst zu atmen, dann wecke ich dich auf. Ich bin da für dich." Dieses Vertrauen zu einer Person, die man eigentlich nicht kennt – das war wunderschön.

Man hatte mich seit Beginn meiner Reha davor gewarnt, dass ich zu 100 Prozent in ein schwarzes Loch fallen würde. Dass es ganz, ganz sicher kommen würde und dass es jetzt bald passieren würde. Aber es kam nicht. Ich habe nicht verstanden, was die anderen alle hatten. Ich war auf Reha und ich bin nach Hause gekommen. Und dann war es plötzlich da. Damals habe ich das nicht erkannt. Heute weiß ich, dass das das berüchtigte schwarze Loch war. Ich wollte ständig Party machen und feiern gehen. Natürlich hatten meine Freund:innen unter der Woche keine Zeit dafür. Also bin ich alleine losgezogen. Irgendwann hatte ich das Gefühl, dass alles egal ist. Dass es egal ist, ob ich morgens aufstehe. Ich hatte das Gefühl, dass ich ohnehin niemanden interessiere. Heute weiß ich: Ich hatte keine Ziele und keine Aufgaben. Das war das Problem. Das war mein schwarzes Loch.

Noch schicksalhafter als mein Unfall waren meine Schwangerschaft und die

Geburt meiner Tochter. Das war der Wendepunkt in meinem Leben. Ich weiß nicht, ob ich heute so wäre, wie ich bin, gäbe es sie nicht. Ich war mir plötzlich nicht mehr egal. Heute bereue ich eigentlich nichts. Alles hatte irgendwie seine Berechtigung. Alles hat mich geprägt. Deshalb finde ich es auch sehr wichtig, dass man selbst das Ruder in die Hand nimmt und das Leben steuert. Mir gefällt zum Beispiel ein Spruch sehr gut: „Wir können den Wind nicht ändern, aber die Segel anders setzen." Das trifft es so gut. Wir können das Schicksal oder die Gegebenheiten manchmal nicht ändern, aber wir können beeinflussen, was wir daraus machen.

Lukas Müller

Ich war knapp zwölf Jahre Profi-Skispringer und wurde 2016 als Vorspringer zur Skiflug-WM am Kulm einberufen. Ich hatte damals die Saison ganz gut begonnen. Die ersten Flüge waren auch in Ordnung, aber ich wusste, es wäre eigentlich mehr drin. Beim dritten Versuch bin ich mitten im Flug aus dem Schuh rausgeschlüpft, habe eine Rolle in der Luft gemacht und bin rücklings auf meinem Steißbein aufgeschlagen. Die Peitschenschlagbewegung bei diesem Aufschlag hat mir das Genick gebrochen. Mein erster Gedanke vor dem Aufschlag war: „Nicht schon wieder!" Denn ich war ein paar Jahre zuvor schon einmal vergleichbar gestürzt. Daran habe ich mich erinnert. Der Moment bis zum Aufschlag war gefühlt eine Minute lang. Als ich unten im Auslauf zu liegen gekommen bin – man rutscht ja den ganzen Hügel hinunter –,

Alter zum Zeitpunkt des Unfalls: 23

Alter heute: 32

Behinderung: nach schwerem Sturz am Kulm querschnittgelähmt

Disziplin: war Profi-Skispringer

Träumt manchmal von der Zeit vor dem Unfall

Motto: Es ist nicht wichtig, wie tief man fällt, sondern wie weit man wieder zurückfindet.

wollte ich mich auf den Bauch drehen. Ich habe dann meine Füße angeschaut und gesehen: Die tun nichts. Da wurde mir dann, keine 30 Sekunden nach dem Sturz, bewusst, dass ich entweder unter Schock oder am Beginn einer sehr langen Reise stehe.

Es ist seltsam, wenn man plötzlich nicht mehr Herr über den eigenen Körper ist. Man verspürt eine gewisse Hilflosigkeit. Zwei Vorspringer-Kollegen sind reingelaufen und haben gefragt, was los ist. Dann waren gleich die Sanitäter:innen da und die Dinge haben ihren Lauf genommen. Ich habe die Kontrolle komplett abgegeben. Nach der Operation war ich 14 Stunden im Tiefschlaf. Dann haben sie versucht, mich aufzuwecken: erfolgreich. Der Arzt, der mich operiert hatte, ist vor mir gestanden und hat mir geschildert, was sie gemacht haben. Ich fragte: „Es ist aber schon ein Querschnitt, oder?" Seine Antwort: „Ja." Da sind mir die Tränen in die Augen geschossen, aber er hat gleich etwas sehr Schlaues gesagt: „Du musst dir eines vor Augen halten: das, was du jetzt kannst. Du hast einen gesunden Kopf und halbwegs gesunde Hände. Das ist ein super Startkapital. Alles, was jetzt noch kommt, ist im Endeffekt immer ein Sieg." Das sollte für mich bis heute einer der wichtigsten Sätze bleiben und er sollte damit Recht behalten.

Im Gespräch mit dem Arzt habe ich versucht, den Oberkörper ein bisschen zu bewegen, worauf er mir gesagt hat, dass der Querschnitt in den ersten ein bis zwei Tagen noch steigen kann. Ich sagte zu ihm: „Wenn mir der Querschnitt über den Kopf steigt, haben wir beide ein Problem." Dann haben wir beide gelacht und da habe ich zum ersten Mal gemerkt, dass ein bisschen Normalität tatsächlich wieder möglich ist. Einfach ein bisschen Witz in einer eigentlich nicht lustigen Situation.

Ich war auf der Intensivstation und habe versucht, kleine Dinge zu erarbeiten – das Handy zu halten, zu essen und Ähnliches. Ich war aber einfach zu schwach. Was ich aber konnte: den Kollegen beim Skifliegen zuschauen. Am Mittwoch ist der Sturz passiert, am Freitag hat es mich gar nicht interessiert, am Samstag habe ich es total verschwitzt und am Sonntag habe ich dann gesagt: „Können wir die Physio verschieben? Ich würde gern das Skifliegen anschauen." Am Samstagabend habe ich noch mitbekommen, dass Stefan Kraft Bronze geholt hat, und im Zuge dessen habe ich dann das erste Foto aus dem Krankenhaus rausgeschickt, um ihm zu gratulieren. Am Sonntag hat das österreichische Team nochmal Bronze geholt und das war für mich eigentlich auch ein ganz cooler Moment. Klar, dieser Sport hat mir auch ein bisschen etwas von meiner (gewohnten) Gesundheit genommen, aber letzten Endes hege ich keinen Groll.

Ich habe mir die Frage gestellt: Hätte ich bei dem Flug etwas tun können, um diese Verletzung zu verhindern? Das Ergebnis: wahrscheinlich nicht. Der Sturz wäre nicht zu vermeiden gewesen, vielleicht die Art der Auswirkungen. Aber was geschehen ist, kann man nicht rückgängig machen. Ich habe gewusst, dass sehr viele Leute an mich denken.

Der Rollstuhl lügt nicht, der ist ein ständiger Begleiter. Aber für mich war von Anfang an entscheidend, dass ich ein Level an Normalität erreiche, in dem der Umgang mit dem Rollstuhl in den Hintergrund rückt. Nicht wie tief man fällt, sondern wie weit man wieder zurückfindet – das ist mein Lebensmotto. Manchmal erinnere ich mich an das Körpergefühl vor dem

Unfall. Manche Bewegungsmuster hat man einfach im Hirn abgespeichert. Manchmal träume ich davon, dass ich mich wie vor dem Unfall normal bewegen kann.

Georg Schober

Begonnen hat alles, als ich elf Jahre alt war: Seither hatte ich mit einem Knochentumor an Wadenbein und Schienbein zu kämpfen. Ich wurde daraufhin sechs Mal operiert. Damit war es aber leider nicht getan: Ich habe mir das Bein öfter gebrochen, da ich, wie Kinder eben so sind, viel herumgeturnt und Sport getrieben habe. Schließlich wurde mein Wadenbein durch Spenderknochen ersetzt, was mir ein halbwegs normales Leben ermöglichte. Mit 30 Jahren, im Jahr 2020, erhielt ich dann eine schockierende Diagnose: Der Tumor war zurückgekehrt. Dieses Mal war es ein Adamantinom, eine äußerst seltene Form von Knochentumor. Davon gibt es weltweit nur 300 registrierte Fälle – auf einen Lottosechser hat man bessere Chancen. Bei einem Adamantinom besteht ein großes Risiko, dass der Krebs in die Lunge streut und somit einen tödlichen Verlauf auslöst. Als mir die Ärzt:innen eröffneten, dass sie mir das Bein amputieren müssen, um mich vom Krebs zu heilen, war es natürlich auf eine Art ein Schock. Trotzdem war für mich klar, dass ich der Krankheit endlich ein Ende setzen möchte – deshalb habe ich mir sehr schnell gedacht: „Passt, machen wir das!"

Es klingt vielleicht makaberer, aber mein Bein zu verlieren, war für mich eher eine Erleichterung, weil ich wusste, dass ich dadurch vom Krebs befreit war. Ich erinnere mich noch sehr gut, als ich nach der Operation im Krankenbett aus der Narkose aufwachte: Ich habe die Decke weggezogen, mein Bein gesehen und gedacht: „Okay, passt." Danach habe ich meinen Freund:innen Fotos geschickt. Ich fand es nicht lustig, aber ich war absolut darauf vorbereitet. Und ich habe mich darauf gefreut, mit der Prothese endlich wieder Dinge tun zu können, die ich vorher nicht konnte. Mein Bein wurde knieexamputiert. Das bedeutet, dass ich im Kniegelenk amputiert wurde. Damit ist der Oberschenkelknochen komplett erhalten und ich kann das Bein trotzdem noch zu 100 Prozent belasten. Die Kniefunktion habe ich allerdings nicht mehr. Deshalb bin ich auf eine elektronische oder mechanische Prothese angewiesen, die mir beim Gehen hilft.

Seit der Amputation habe ich eindeutig eine höhere Lebensqualität. Denn jetzt weiß ich, dass ich pumperlg'sund bin und alles machen kann, was ich will. Ich schlüpfe morgens einfach in die Prothese hinein und abends vor dem Schlafengehen ziehe ich sie aus. Echte Einschränkungen erlebe ich damit eigentlich nicht. Im Gegenteil! Ich kann vieles tun, was ich vorher nicht konnte. Besonders während meiner Reha am Weißen Hof konnte ich viel ausprobieren – zum Beispiel mit einer Laufprothese laufen. Meine Reha-Zeit habe ich sehr positiv in Erinnerung. Vor allem der gemeinsame Austausch mit Menschen, die ein ähnliches Schicksal haben wie man selbst. Das ist oft das Einzige, was wirklich hilft: mit Menschen sprechen, die das Gleiche erlebt haben und dir sagen können, dass es besser wird. Das kann dir keine Ärztin:Arzt oder Therapeut:in sagen.

Para-Kugelstoßen ist für mich einfach geil. Gerade als ehemaliger Powerlifter: Explosivität, Kraft, Schnelligkeit und einfach nur durchdrehen – ich könnte mir nichts Schöneres vorstellen. Vielleicht habe ich mir auch deshalb diesen Sport ausgesucht, bei dem man einfach alles, all die unzähligen Stunden an Training und Vorbereitung, in diesen einen Moment steckt. Das erfordert

Alter zum Zeitpunkt der Amputation: 30

Alter heute: 34

Behinderung: Knieexamputation aufgrund einer Krebserkrankung

Disziplin: Para-Kugelstoßer

Sportliches Highlight: kämpft gerade für die Qualifikation für die Paralympics 2024

Ging im Kampf gegen den Krebs bereits zwei Mal als Sieger hervor

Motto: Anti-„Dabei-sein-ist-alles"

natürlich auch viel Verständnis und Unterstützung von meiner Familie und besonders von meiner Frau. Dafür bin ich wirklich extrem dankbar: Der Krebs, die vielen Operationen, die Rehabilitation, der Sport – ohne den Rückhalt meiner Familie und meiner Frau hätte ich das alles nicht so geschafft.

Gibt es ein Anti-„Dabei-sein-ist-alles"-Motto? Das wäre wahrscheinlich mein Lebensmotto. Mein klares Ziel ist die Weltspitze, kein Dabeisein und kein dritter oder vierter Platz. Das klingt vielleicht irgendwie komisch, aber so bin ich eben. Es bedeutet mir einfach viel, erfolgreich zu sein und Anerkennung zu bekommen für das, was ich mit Leidenschaft mache. Deshalb möchte ich auch bei den Paralympics 2024 unbedingt alles geben und die Spitze erreichen. Mir ist aber bewusst, dass mir das nicht in den Schoß fallen wird. Der Parasport ist besonders in den letzten Jahren sehr gereift und die Konkurrenz wird immer stärker. Da muss man einfach 100 Prozent geben.

Marion Dobscha

Es war wie in einem schlechten Film: Ich war 19 und wollte mit meinem damaligen Freund zum ersten Mal in den Urlaub fahren. Daraus ist leider nie etwas geworden. Wir waren mit dem Motorrad unterwegs und mein Freund ist gefahren. Gekommen sind wir bis Slowenien. Dort wurden wir vom Regen überrascht. Mein Freund ist wirklich anständig und vorsichtig gefahren. In einer unübersichtlichen Kurve ist uns aber plötzlich ein Bus aus dem Gegenverkehr auf unserer Spur entgegengekommen. Wir konnten nicht mehr ausweichen. Ich habe mich 20 Meter hinter dem Bus wiedergefunden, bin sofort aufgesprungen und wollte alles regeln. Meinen

Freund habe ich zweigeteilt auf der Straße liegen gesehen. Ich wollte gerade zu ihm laufen, aber ein paar Businsassen haben mich zurückgehalten und wollten mich beruhigen. Wenig später trafen die Einsatzkräfte ein. Man gab mir eine Spritze. Dann war ich weg.

Nach meinem Unfall war ich etwa drei Monate im künstlichen Tiefschlaf – zuerst in Ljubljana zur Erstversorgung, später wurde ich in das Wiener AKH (Anmerkung: Allgemeines Krankenhaus) verlegt. Zuerst wurde noch wirklich alles versucht, um mein Bein zu retten – sogar mit einer Druckkammer. Das gelang aber wegen schwerer Entzündungen und einer Thrombose nicht und man entschied sich, mein Bein zu amputieren. Man mag es vielleicht nicht glauben, aber heute bin ich unendlich dankbar dafür, denn ich wäre wahrscheinlich nie wieder so selbstständig und schmerzfrei geworden, wie ich es heute bin. Meine Rehabilitation am Weißen Hof war mein Strohhalm Nummer 1. Dort wurde es mir ermöglicht, wieder in ein normales Leben zurückzufinden und eine gewisse Selbstsicherheit wiederzuerlangen. Das Leben „draußen" ist dann wieder eine eigene Geschichte. Da gab es schon sehr viele Rückschläge. Aber gleichzeitig auch wieder so viele Herausforderungen, die ich gemeistert habe, und damit verbundene Erfolgserlebnisse.

Ehrlich gesagt war es eine Geschichte von zwei Minuten, mein Schicksal nach dem Aufwachen anzunehmen. Das klingt vielleicht blöd, aber es gab in meinem Kopf genau zwei Optionen: Entweder ich versinke in meinem Elend oder ich versuche, das Beste daraus zu machen.

Es gab nur entweder-oder. Und ich habe mich für die Sonnenseite entschieden. Das war vermutlich auch der schwerste Kampf, den ich in dieser Zeit austragen musste. Der Kampf um mich selbst und gegen die Negativität, die mir leider auch von anderen Menschen entgegengebracht wurde. Aber es war ein Kampf, den ich gewonnen habe.

Das Allerschlimmste an meiner Situation waren für mich lange Zeit nicht die Amputation oder sonstige Verletzungen, sondern eindeutig die damit einhergehende Abhängigkeit. Diese unsägliche Abhängigkeit von anderen Menschen. Ich war immer sehr bedacht auf meine Selbstständigkeit. Dementsprechend krank hat es mich gemacht, so sehr von anderen abhängig zu sein. In dieser Zeit habe ich auch einen riesigen Hass entwickelt, denn man muss sich vorstellen: Von einem Augenblick auf den anderen war meine gesamte Eigenständigkeit, die ich mir selbst aufgebaut hatte, vollkommen weg. Irgendwie hatte mein Groll aber auch etwas Gutes: Ich habe dadurch meinen Kampfgeist wiedergefunden und war extrem motiviert und gestärkt, um mich wieder zurückzukämpfen.

Wenn man mich fragt: „Wo bist du beeinträchtigt in deinem Leben?", kann ich nur antworten, dass ich absolut nicht beeinträchtigt bin. Ich kann alles machen, was ich will. Und für alles, was vielleicht nicht geht, gibt es eine Variante, die es ermöglicht. Meinen Mut habe ich vor allem durch Herumprobieren wiedergefunden: Neben sportlichen Aktivitäten habe ich mit meinem damaligen Freund, der Fotograf ist, ein Aktshooting gemacht. Ich wollte wieder zu mir finden und

Alter zum Zeitpunkt des Unfalls: 19

Alter heute: 41

Behinderung: nach einem Motorradunfall beinamputiert

Macht alles, was sie will, und lässt sich von ihrer Beeinträchtigung nicht einschränken

Motto: Mit einem Lächeln auf den Lippen geht alles viel einfacher.

meinen „neuen" Körper annehmen lernen. Ich habe diesen Weg gewählt, um mich selbst zu ermächtigen. Und ich bin sehr stolz, das durchgezogen zu haben. Mittlerweile schäme ich mich überhaupt nicht mehr, wenn fremde Menschen meine Prothese entdecken. Ich verstecke sie auch nicht mehr. Im Gegenteil! Ich laufe „offen" damit herum – und das ist eigentlich das schönste Geschenk ever.

Kurt Badstöber

Als ich damals aufgewacht bin, ist jemand neben mir gestanden, mit Rauschebart und in weißem Gewand. Er hat auf mich herabgeschaut. „Jesus?", fragte ich. Er antwortete: „Nein, so weit sind wir noch nicht. Sie sind in einem Krankenhaus." Tatsächlich bin ich im Krankenhaus Lorenz Böhler (Anmerkung: heute Traumazentrum Wien Brigittenau) aufgewacht. Das war mir natürlich klar; zum Scherzen war mir aber trotzdem zumute – ein Charakterzug, den ich mir immer bewahren konnte, selbst in diesem Moment. Denn einen Monat zuvor hatte ich einen schweren Motorradunfall gehabt, bei dem mir mein rechter Arm sofort ausgerissen wurde. Mein linkes Bein war so lädiert, dass es amputiert werden musste. Es folgte ein langer Weg samt Tiefschlaf, etlichen Operationen und einem Gefühl des Schwebens zwischen Leben und Sterben.

Mein Unfall und mein Weg der Rehabilitation haben mehr an meiner Familie und meinen Freund:innen gezehrt als an mir. Besonders meine Mutter hat sich

Alter zum Zeitpunkt des Unfalls: 31

Alter heute: 58

Behinderung: verlor seinen rechten Arm und sein linkes Bein nach einem Motorradunfall

Disziplin: Para-Segler Sonar (3 Personen)

Sportliches Highlight: Teilnahme Paralympics London 2012, Österreichischer Staatsmeister 2023

Hält Lachen für die beste Therapie – seine ersten Worte nach seinem Unfall und einem Monat Tiefschlaf waren ein Scherz.

Motto: Bleib wie du bist und ändere dich täglich.

wacker geschlagen – sie hat mich jeden Tag besucht und sogar das Pflegepersonal mit Torten „bestochen", damit sie gut auf ihren Buben schauen. Damals war ich 31. Etwa einen Monat nachdem ich aus dem Tiefschlaf aufgewacht war, wurde ein Platz im Rehabilitationszentrum Weißer Hof frei. Dort begann mein neuer Weg – dort habe ich begonnen, mit meinem neuen Körper zu leben.

Zu den prägendsten Begegnungen gehören jene mit den Therapeut:innen im Krankenhaus und im Rehabilitationszentrum. Sie haben sich sehr intensiv mit mir beschäftigt. Eine Therapeutin hat sich zum Beispiel irrsinnig viele Gedanken darüber gemacht, wie ich mit nur einem Arm und einem Bein vom Boden aufstehen kann. Von außen ist das unvorstellbar, aber das sind dann die Herausforderungen, denen man sich stellen muss. Du siehst natürlich auch andere, denen es gerade irgendwie ins Leben reingepfiffen hat und wie sie damit umgehen. Das sind Lernmomente und dafür ist so ein Haus mehr als nur Gold wert. Mir wurde beigebracht: Es endet nicht damit, dass du einen Arm verlierst oder im Rollstuhl sitzt.

Im Rehabilitationszentrum Weißer Hof bin ich zum ersten Mal in Kontakt mit dem Segeln gekommen: Wir konnten mit ganz einfachen – behindertengerechten – Einsitzerbooten erste Erfahrungen sammeln. Das hat mir zwar sehr viel Spaß gemacht, weiterverfolgt habe ich das Thema allerdings nicht. Zehn Jahre später

habe ich durch Zufall den Segelschein in Kroatien gemacht – und ehe ich mich's versah, habe ich mir nichts, dir nichts am Weltcup in Südengland teilgenommen und bin bei einer internationalen Regatta mit sehr viel Wind mitgefahren. Und eigentlich hatte ich keine Ahnung: Ich hatte ja gerade erst den Segelschein gemacht. Wenig später bin ich in der Disziplin Sonar, also in einem Drei-Personen-Boot mit zwei anderen Sportlern, bei den Paralympics angetreten. Seitdem trete ich in der Disziplin 2.4mR an, also in einem Ein-Personen-Boot. In dieser Disziplin treten Menschen mit und ohne Behinderung direkt gegeneinander an. 2023 wurde ich sogar österreichischer Staatsmeister.

Über Günter Valda

Günter Valda ist Fotograf, aber nicht nur: Er ist
diplomierter Gesundheits- und Krankenpfleger und
war viele Jahre in einer der größten Notaufnahmen
Österreichs tätig. Heute ist er Intensivkrankenpfleger
im AUVA-Traumazentrum Wien Meidling.

    Günter Valda ist ein Mensch, der viel gesehen hat
und die Kunst als Ventil nutzt. Seine Projekte stellen
den Menschen ins Zentrum der Wirksamkeit und zeigen
den schmalen Grat, auf dem wir uns bewegen, ohne zu
wissen, welchen Weg das Schicksal einschlagen wird.

Conny Wibmer

Vor dem Tag der
Entlassung aus der
Reha hatte ich Angst.

Für viele wäre das
mal eine gute Therapie:
sich einen Tag in einen
Rollstuhl zu setzen
und zu erleben, wie
man angeschaut wird.
Das ist schon eine
andere Welt.

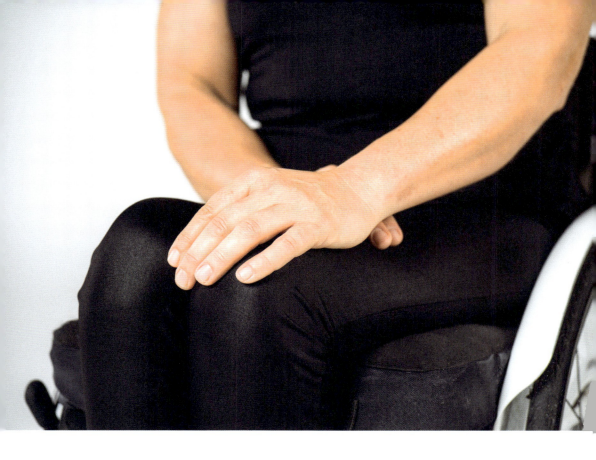

Im Sport motiviert
mich, dass ich gewinnen
will. Ich gewinne
wahnsinnig gern und
will schon immer ganz
oben stehen.

Erfolge sind für mich eher eine Begleiterscheinung von dem, was ich mache. Mir geht es mehr um die Leistung als um den Erfolg. Mir ist wichtig, dass ich selbst mit meiner Leistung zufrieden bin.

Thomas Grochar

Inklusion ist ein Wort, das für mich eigentlich gelöscht gehört. Inklusion gehört einfach gelebt, getan. Es gehört nicht nur darüber geredet.

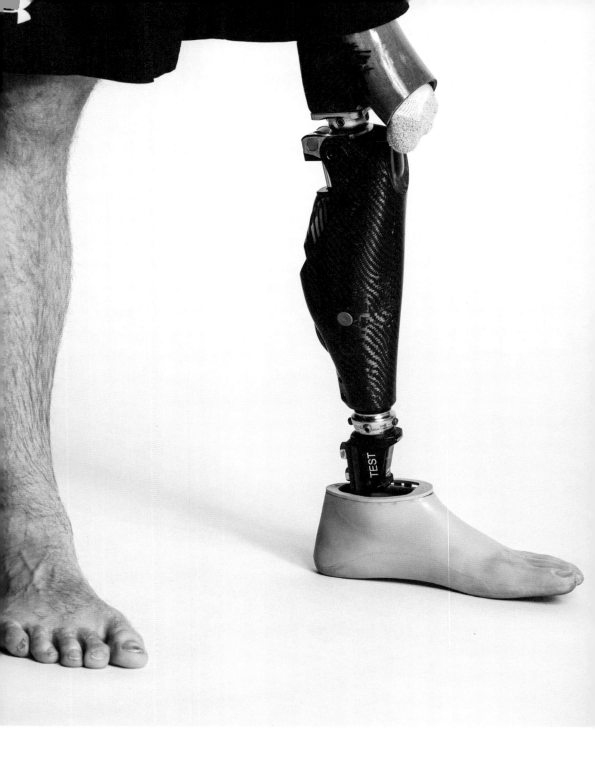

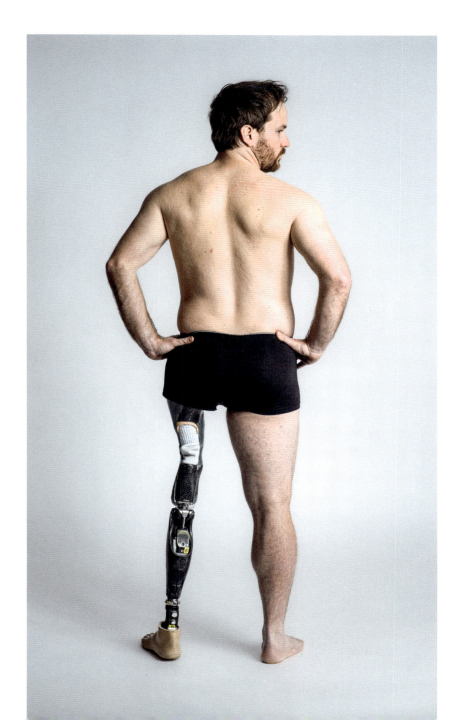

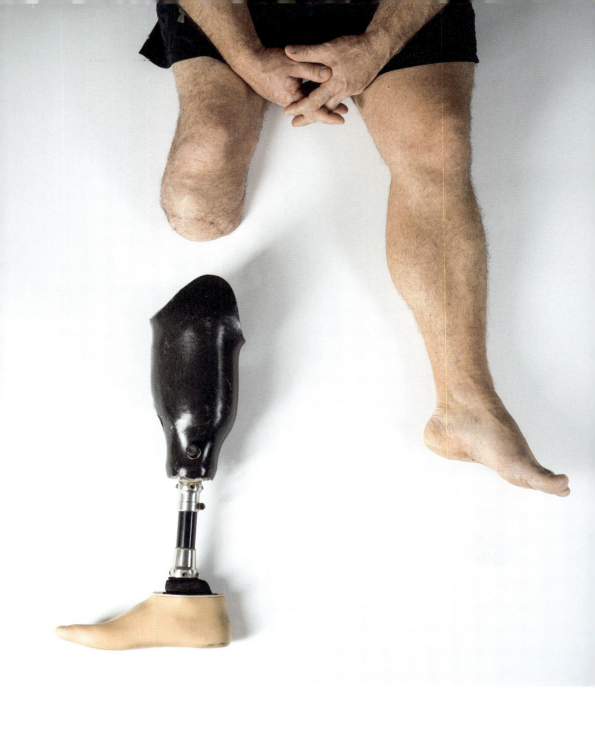

Peter Klammer

Ich kann eigentlich so gut wie alles weiterhin machen. Man muss die Sachen jetzt eben nur anders machen.

Soweit passte auch alles – außer dass mir in meiner Wahrnehmung mein Stiefel fehlte. Den wollte ich mir dann natürlich wieder anziehen, bis ich merkte: Da fehlt mehr als nur der Stiefel.

Man darf einfach nie aufgeben. Das hat mich bis jetzt immer weitergebracht.

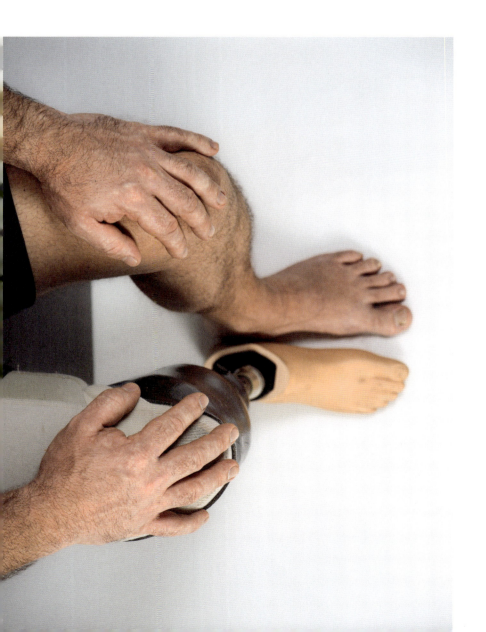

Peter Klammer

Das ist oft das Einzige, was wirklich hilft: mit Menschen sprechen, die das Gleiche erlebt haben und dir sagen können, dass es besser wird.

Seit der Amputation habe ich eindeutig eine höhere Lebensqualität. Denn jetzt weiß ich, dass ich pumperlg'sund bin und alles machen kann, was ich will.

Mein klares Ziel ist die Weltspitze, kein Dabeisein und kein dritter oder vierter Platz. Das klingt vielleicht irgendwie komisch, aber so bin ich eben.

Georg Schober

Gibt es ein Anti-„Dabei-sein-ist-alles"-Motto? Das wäre wahrscheinlich mein Lebensmotto.

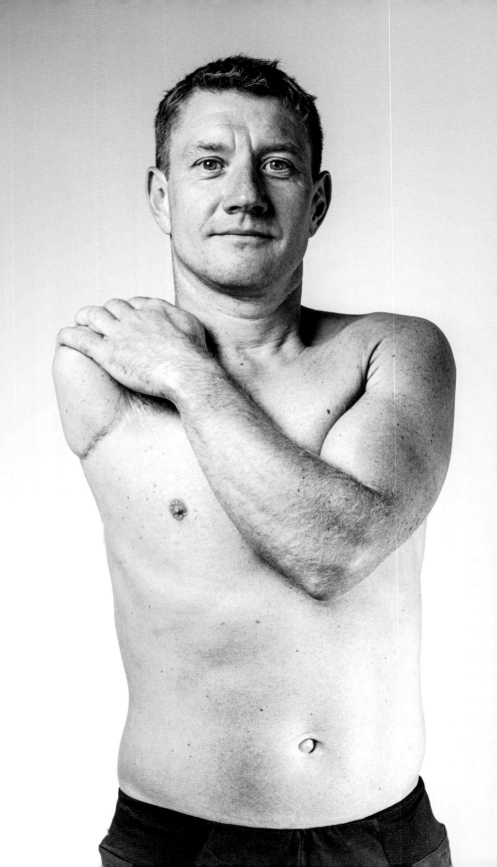

Oliver Dreier

Sport war schon immer
meine Leidenschaft.
Und Sport hat mich
auch nach meinem
Unfall wieder zurück
ins Leben gebracht.

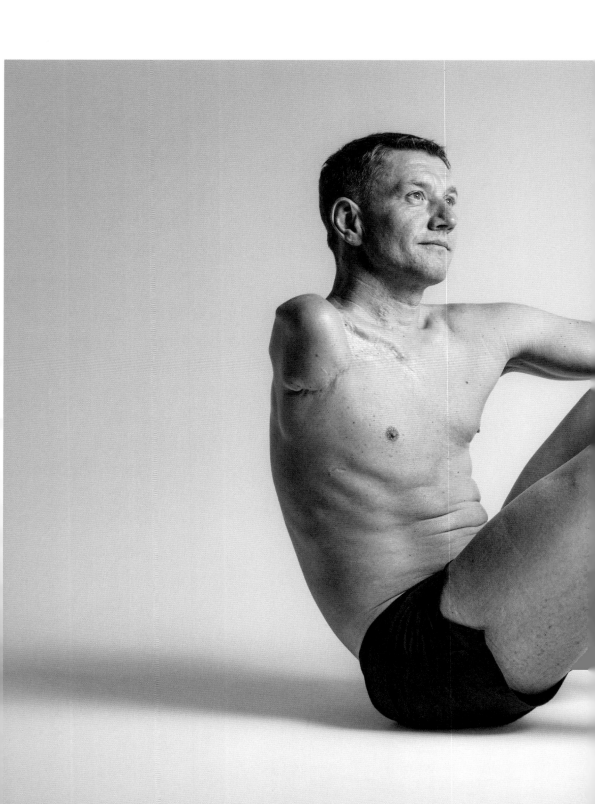

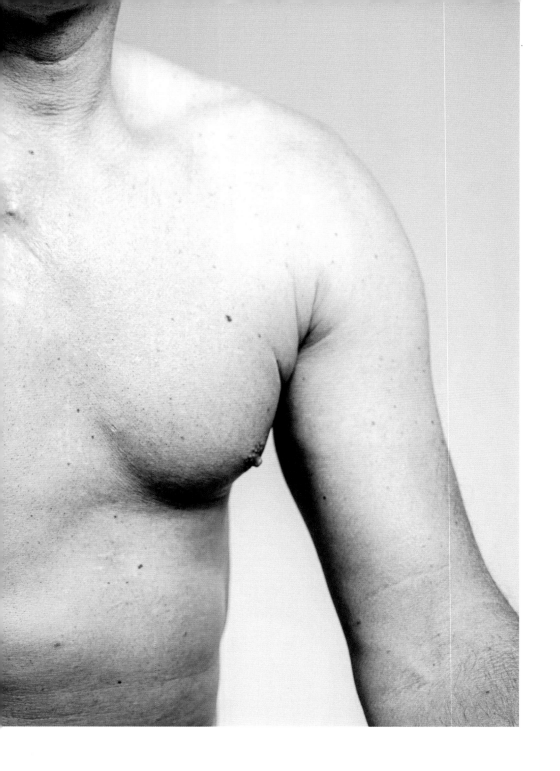

Oliver Dreier

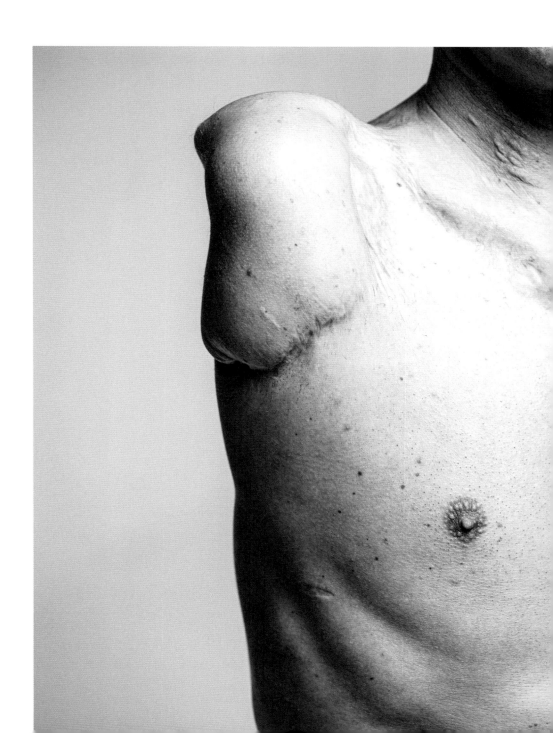

Niemand geht nach einem Unfall mit nur einem Arm nach Hause und denkt sich: „Boah, super, dass mir das passiert ist!" Aber im Nachhinein hat all das dazu geführt, dass ich mein Hobby zum Beruf gemacht habe.

Oliver Dreier

Ich glaube, dass jedes Leben vorherbestimmt ist und ein Drehbuch hat. Und so läuft das dann ab. Man kann es nur ein bisschen umschreiben und positiver gestalten.

Ich war die gesamte Zeit über sehr ruhig. Laut einer Notärztin habe ich erst randaliert, als sie mir meine langen Haare abrasieren wollten.

Claudia Miler

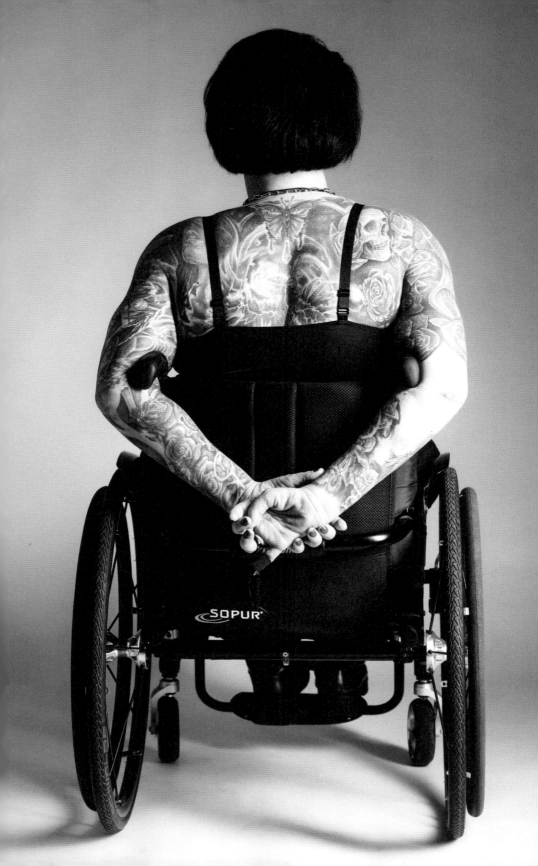

Noch schicksalhafter
als mein Unfall waren
meine Schwangerschaft
und die Geburt
meiner Tochter. Das
war der Wendepunkt
in meinem Leben.

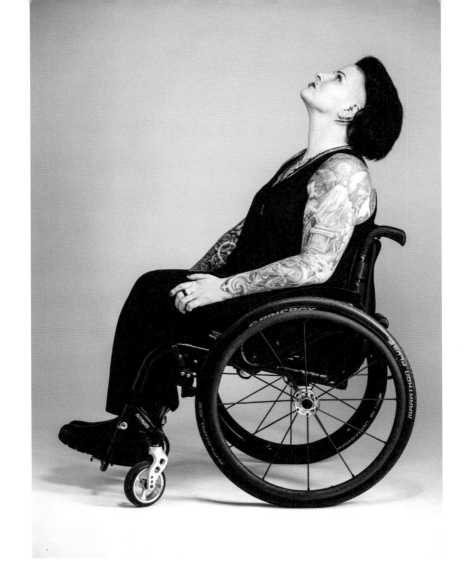

Claudia Miler

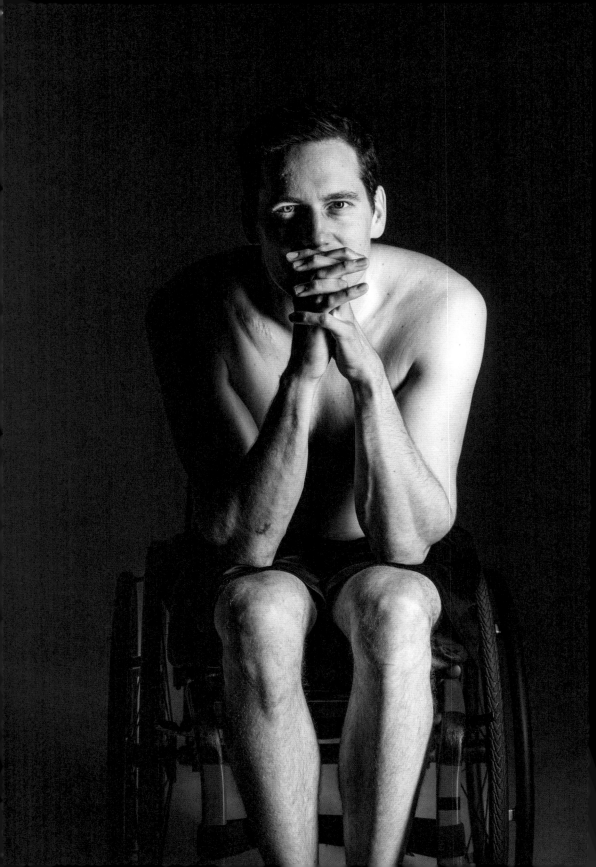

Mein erster Gedanke
vor dem Aufschlag war:
„Nicht schon wieder!"

Nach drei Tagen habe
ich gefragt: „Können wir
die Physio verschieben?
Ich will mir das Ski-
fliegen anschauen."

Der Arzt sagte: „Du hast einen gesunden Kopf und gesunde Hände – das ist ein super Startkapital." Er sollte Recht behalten.

Lukas Müller

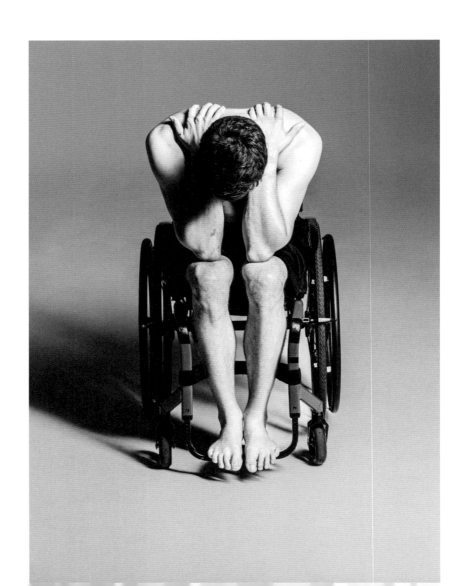

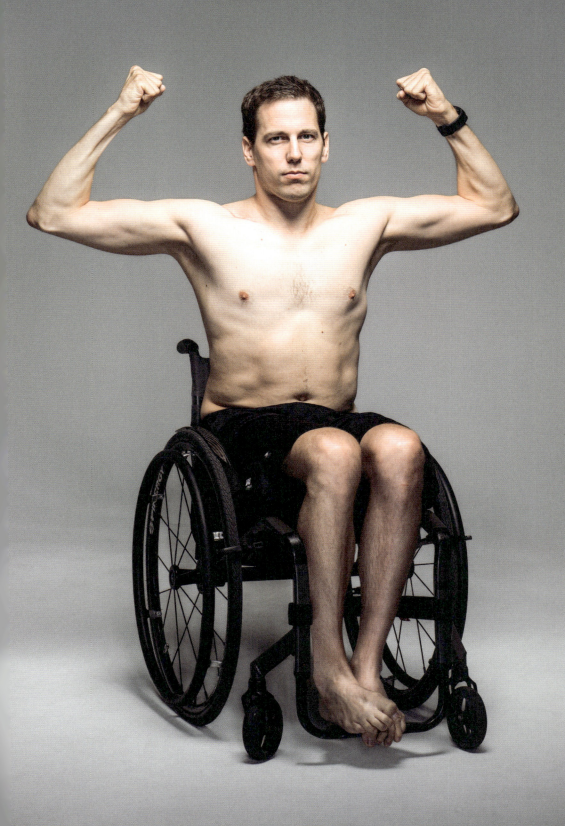

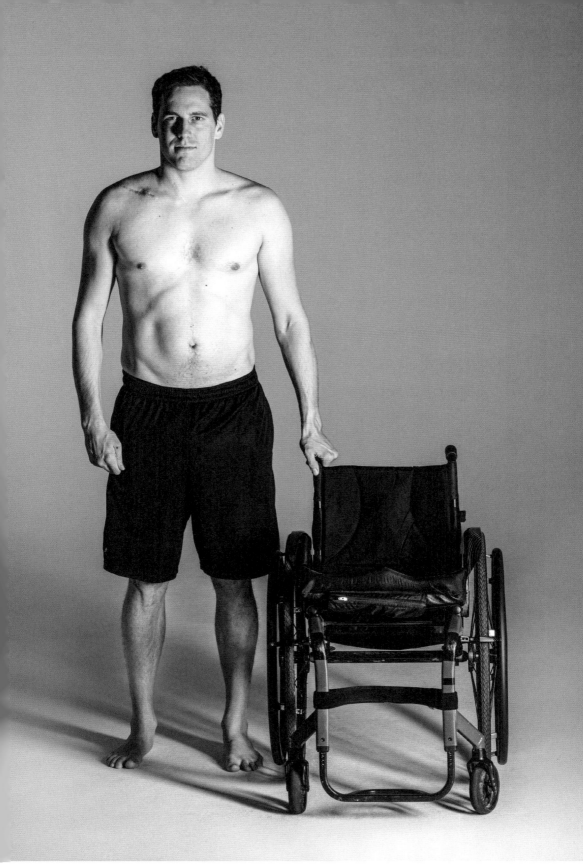

Ich verstecke meine Prothese nicht mehr. Im Gegenteil, ich laufe „offen" damit herum – und das ist eigentlich das schönste Geschenk ever.

Man entschied sich, mein Bein zu amputieren. Man mag es vielleicht nicht glauben, aber heute bin ich unendlich dankbar dafür, denn ich wäre wahrscheinlich nie wieder so selbstständig und schmerzfrei geworden.

Irgendwie hatte
mein Groll aber
auch etwas Gutes:
Ich habe dadurch
meinen Kampfgeist
wiedergefunden.

Marion Dobscha

Marion Dobscha

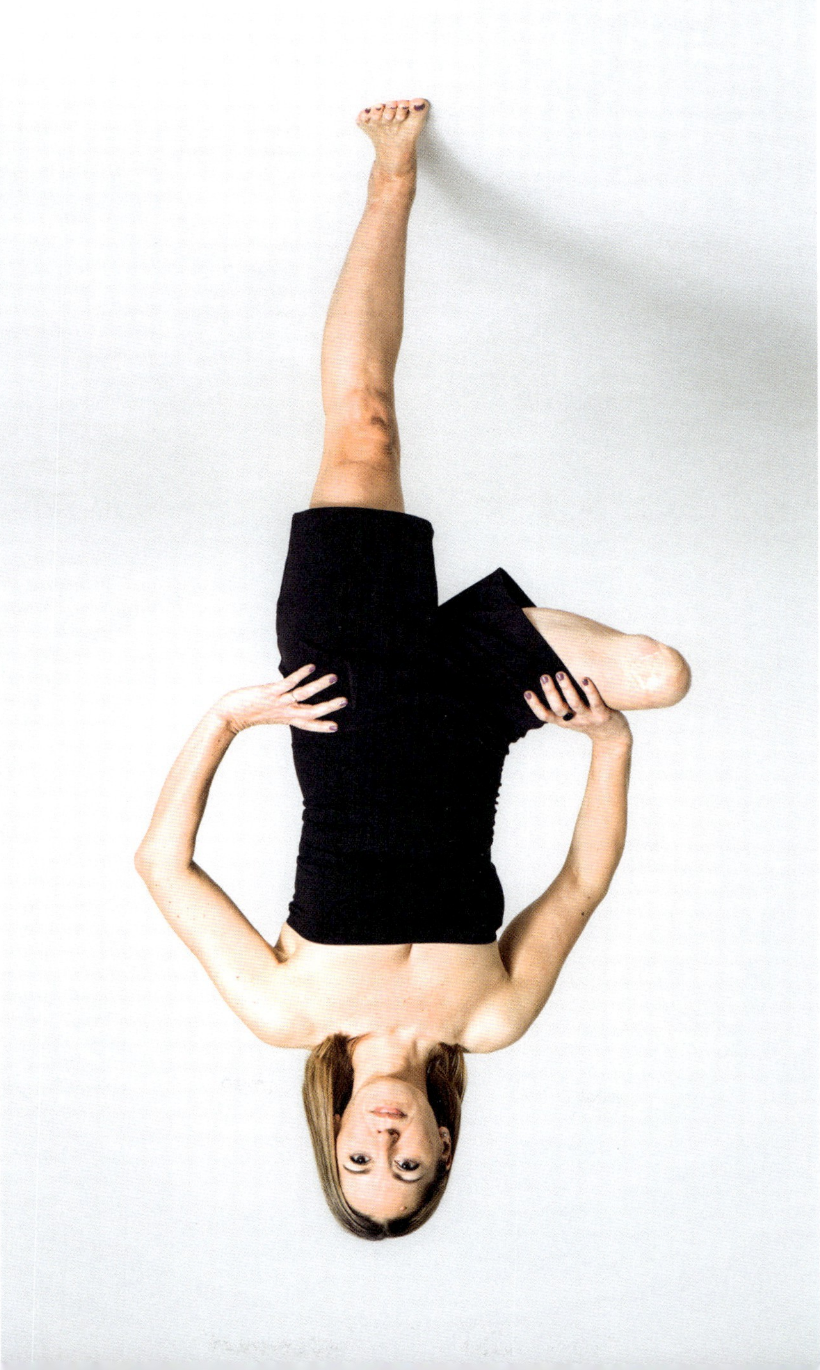

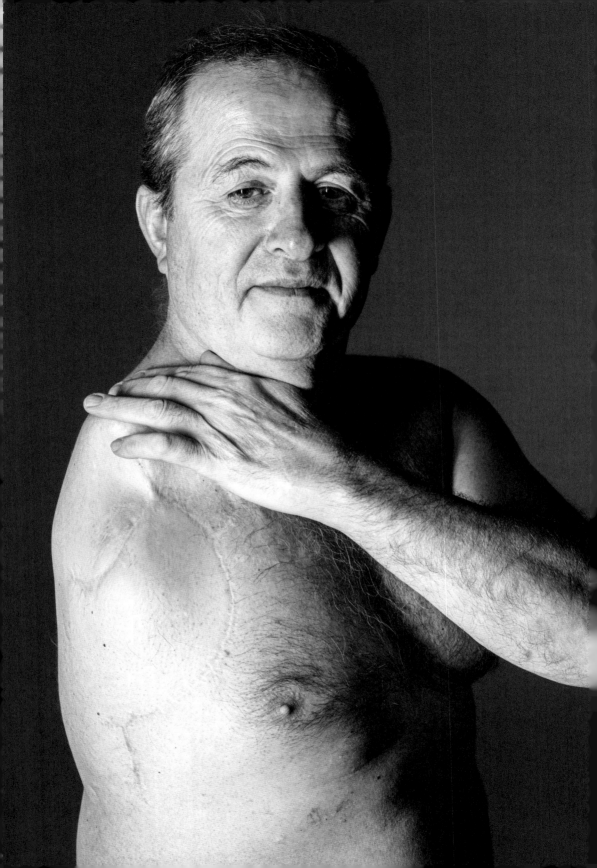

„Jesus?", fragte ich.
Er antwortete: „Nein,
so weit sind wir noch
nicht. Sie sind in
einem Krankenhaus."

Kurt Badstöber

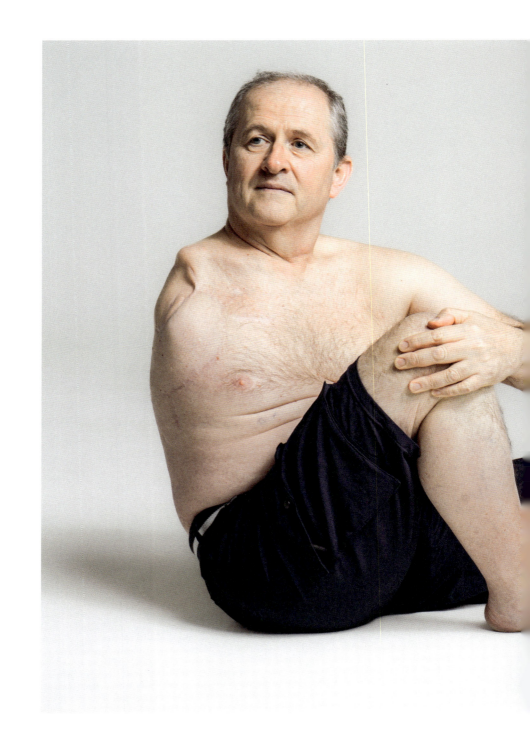

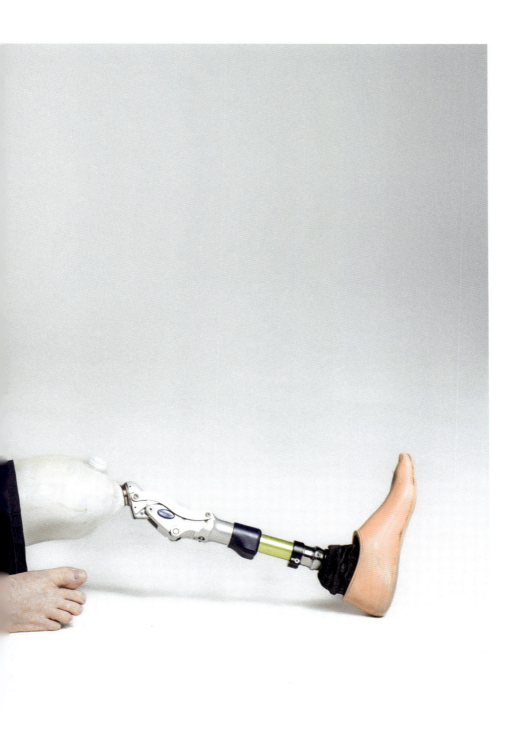

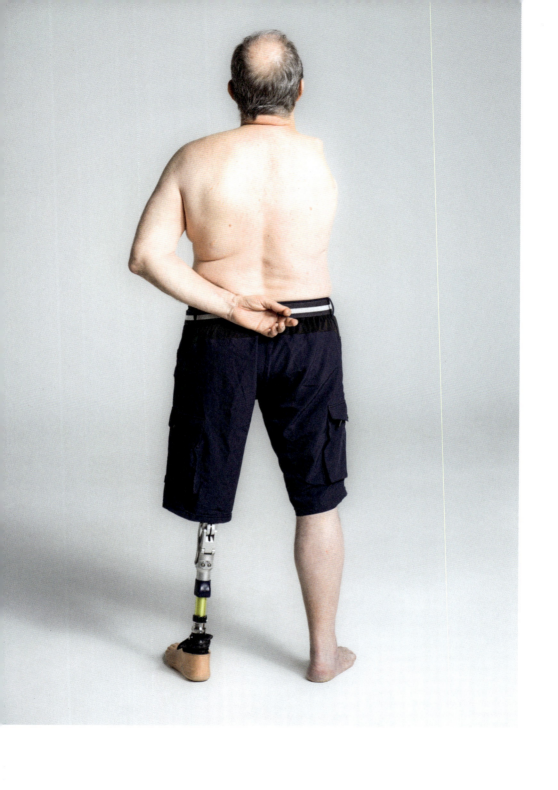

Kurt Badstöber

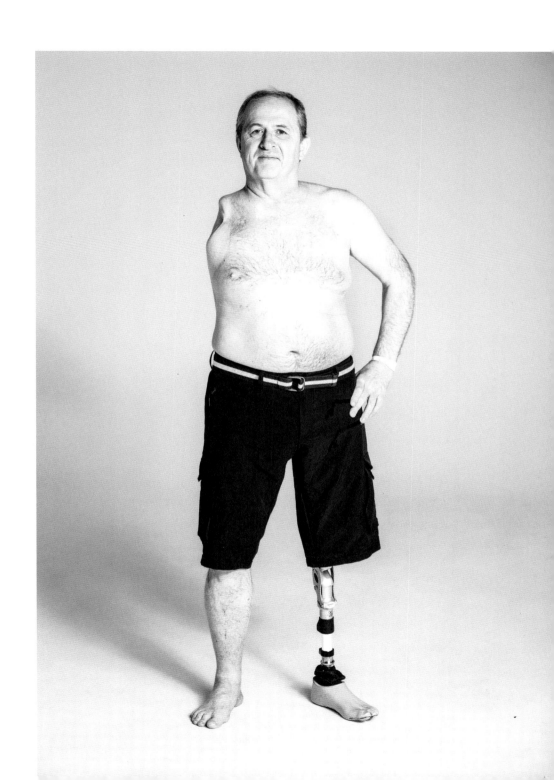

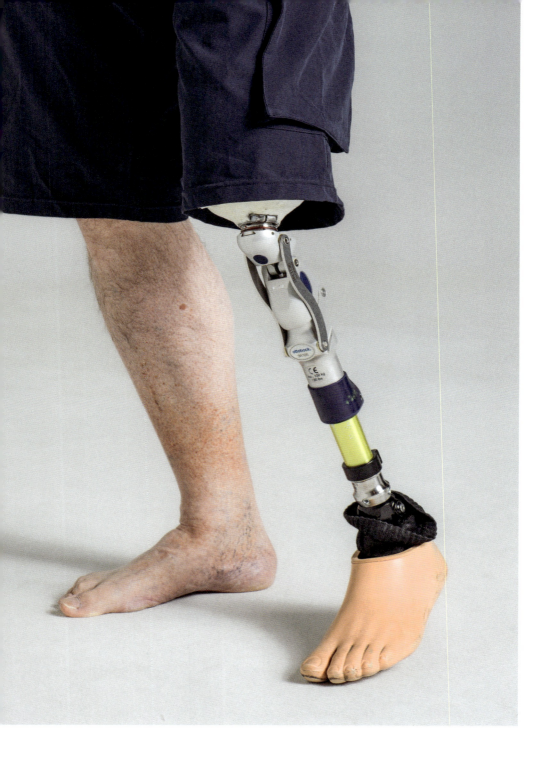

Kurt Badstöber

Zum Scherzen war
mir immer zumute –
ein Charakterzug,
den ich mir immer
bewahren konnte.

Mir wurde beigebracht:
Es endet nicht damit,
dass du einen Arm oder
ein Bein verlierst oder
im Rollstuhl sitzt.

Erschienen im Verlag Kettler, Dortmund
verlag-kettler.de

Konzept und Fotografie
Günter Valda | valda.at

Redaktion
Allgemeine Unfallversicherungsanstalt (AUVA)
auva.at

Grafisches Konzept, Layout und Satz
Katrina Wiedner | onwhite.studio

Lektorat und Übersetzungen
Verena Brinda | verenabrinda.at

Schrift
LL Grey | lineto.com

Papier
Colorplan Pale Grey
Lessebo Design White 135g/m²
Lessebo Colours Arctic Blue 80g/m²

Auflage
1000 Stück

Gesamtherstellung
Druckerei Kettler, Bönen

ISBN 978-3-98741-145-8